JN185703

じいちゃんの鉄工所《てっこうじょ》

田丸雅智　作　　藤枝リュウジ　絵

静山社

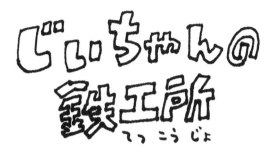

もくじ

アームくん

「ふんっ、ふんっ」

と、あせを流《なが》してダンベルを上げているのは、見上げるほどにとても大きな人工生物《じんこうせいぶつ》のアームくん。彼《かれ》は機械《きかい》でありながら、人の片腕《かたうで》と同じような姿《すがた》をしている。アームくんは、じいちゃんがつくった発明《はつめい》品《ひん》にして、じいちゃんの大事《だいじ》なパートナーだ。

じいちゃんは、目の前に瀬戸内海《せとないかい》の広がるここ三津《みつ》の町で、小池機《こいけき》械鉄工《かいてっこう》という鉄工所《てっこうじょ》をやっている。鉄工所《てっこうじょ》という名前がついてはいるけど、興味《きょうみ》があれば鉄《てつ》にかぎらず何でもつくる。これまでにも、じいちゃんはすばらしい発明品《はつめいひん》を次々に生みだしてきた。

お父さんとお母さんが共働《ともばたら》きだから、ぼくは毎日、学校が終《お》わるとむかえがくるまで鉄工所《てっこうじょ》で遊《あそ》んでいる。ロウセキというチョークみたいな白い石で地面《じめん》に絵をかいたり、強力な磁石《じしゃく》で鉄《てつ》クズを集《あつ》めてみたり。それにあきると、じいちゃんの仕事《しごと》の様子《ようす》をのぞきにいったりする。

もっとも、じいちゃんの作業場《さぎょうば》に近づくと、ばあちゃんに、危《あぶ》ないから近づくなといつもおこられる。それでも、ばあちゃんの目をぬすんで、ぼくはじいちゃんのところに行く。じいちゃんも、こっそり作《さ》業場《ぎょうば》に入れてくれる。

そのじいちゃんが最先端技術《さいせんたんぎじゅつ》のすべてを注《そそ》ぎこんでつくったもの。それが、このアームくんだった。

「こいつを発明《はつめい》するのには、ずいぶん時間がかかったわい」

じいちゃんが言っていたのを思いだす。

「助手《じょしゅ》の構想《こうそう》は、ずっと前からあったんじゃ。力があって、こまかい作《さ》業《ぎょう》もできるような構造《こうぞう》は、どんなものか。それを考えておるうちに人の腕《うで》の形に行きついた。じゃが、実現《じつげん》がむずかしくて何年もかかってしもうた。苦労《くろう》したわい」

「でも、いまじゃあ大活躍《だいかつやく》なんでしょ？」

「ほぉよ」

じいちゃんが言うには、アームくんは、きたえればきたえるほど強くなる特殊《とくしゅ》な人工《じんこう》の筋肉《きんにく》と、軽《かる》くてじょうぶな超合金《ちょうごうきん》の骨《ほね》でできているらしい。

そのとき、アームくんが気持《きも》ち良《よ》さそうにつぶやいた。

「あせを流《なが》すのは、いいことだなあ」

もうすっかりなれたけど、アームくんには人工知能《じんこうちのう》とスピーカーまで搭載《とうさい》されていて、まるで本物《ほんもの》の人間のように考えたりしゃべったりすることができる。これだけでもおどろきなのに、ほかにも故障《こしょう》を自分で判断《はんだん》できるように、痛《いた》みだって感《かん》じてしまうらしい。おまけに足までついているから、自由にどこでも行き来ができる。

だからアームくんは、じいちゃんの手伝《てつだ》いはもちろんのこと、いまじゃ放《ほう》っておいても工事現場《こうじげんば》にひとりで勝手《かって》に行ってくれるし、現場《げんば》の人と話しながらスムーズに仕事《しごと》をおこなうことができるというわけ。こんなものを発明《はつめい》してしまうなんて、じいちゃんはやっぱり天才だなぁと思う。

ぼくも何度《なんど》か、アームくんが活躍《かつやく》する現場《げんば》につれていってもらったことがある。

町一番のタワーを建設《けんせつ》しているときの様子《ようす》なんて、いま思いだしても興奮《こうふん》する。

組まれた足場で踏《ふ》んばって、腕《うで》をのばすアームくん。重《おも》たい資材《しざい》をガッとにぎって、グイッと宙《ちゅう》に持《も》ちあげる。タワーがどんどん高くなって地面《じめん》に腕《うで》がとどかなくなってくると、資材《しざい》をつるしたワイヤーをフンッと一息《ひといき》で引きあげて、自分の手で資材《しざい》をキャッチしてしまう。見上げた空に逆光《ぎゃっこう》で黒い影《かげ》になったアームくんの姿《すがた》は、ぼくのまぶたの裏《うら》にくっきりときざまれている。

ちょっと前に海辺《うみべ》にできた遊園地《ゆうえんち》だってアームくんの仕事《しごと》だし、次《つぎ》は島《しま》と島《しま》を結《むす》ぶ大きな橋《はし》の建設《けんせつ》にかかわることになっている。

「アームのやつ、わしなんかより、よっぽど稼《かせ》いでおるんじゃないかのぉ」

じいちゃんは、アームくんを見ながらうれしそうに笑《わら》う。

「でも、つくったのはじいちゃんなんだから、稼《かせ》ぎは全部《ぜんぶ》じいちゃんのものでしょ？」

「ははは、夢《ゆめ》のないことを言うようになったな」

と、これまたおかしそうに笑《わら》う。

「おい、アーム。そろそろ切りあげたらどうだ？」

じいちゃんが声をかけると、アームくんは手も休めずに言った。

「もう少しだけやってからにしますよ」

「ずいぶんな努力家《どりょくか》じゃなぁ」

「がんばりつづけないと、ダメになるのはすぐですからね。ふんっ、ふんっ」

アームくんはえらいなぁと、ぼくはつくづく思う。

彼《かれ》はもうじゅうぶん立派《りっぱ》なのに、仕事《しごと》がないときは、いつもこうやって重《おも》たいダンベルを持《も》ちあげてトレーニングを欠《か》かさない。だからアームくんの腕《うで》はたくましくなる一方で、筋肉《きんにく》はどんどん増《ふ》えている。

ひっきりなしに仕事《しごと》の依頼《いらい》が入ってくるのも納得《なっとく》できる。

ダンベルを上《あ》げつづけるアームくんのことを、ぼくは尊敬《そんけい》の気《き》持《も》ちでじっと見つめた。

「アーム、そろそろ時間だぞぉ」

じいちゃんが時計を見ながら言った。

「おい、アーム。聞《き》いてるか？」

「ふんっ、ふんっ、ふんっ、ふぅ、もうそんな時間ですか。では、今日はこれくらいで」

そう言って、アームくんはダンベルを壁《かべ》ぎわのホルダーの上にもどした。そして、じいちゃんが蛇口《じゃぐち》を改造《かいぞう》してつくった専用《せんよう》の巨大《きょだい》シャワーを自分でひねって、あせを流《なが》しはじめた。

ぼくはアームくんにかけよって、バスタオルを渡《わた》す。

「ありがとうございます。あれ、マサくん、また少し背《せ》がのびたんじゃないですか？」

「こないだも同じこと言ってたじゃん」

「そうでした」

アームくんはスピーカーから笑《わら》い声《ごえ》をだす。

「今日はこれで終《お》わりなの？」

「いえ、これからもうひと仕事《しごと》です」

「こんなおそくになんの仕事《しごと》？」

13　アームくん

外を見ると、六時を回ってあたりは暗《くら》くなっている。そろそろ、ぼくにもお父さんのむかえが来るころだった。

「マサは、まだ知らんかったかの。最近《さいきん》アームは新しい仕事《しごと》をはじめてな。とっても大事《だいじ》な仕事《しごと》じゃよ」

「でも、工事《こうじ》は明るいうちにやるものでしょ？」

「そういうたぐいの仕事《しごと》じゃないんじゃよ」

じいちゃんの言葉《ことば》に、ぼくは、ははあ、とひらめいた。

「わかった！　ビールケースを運《はこ》ぶ仕事《しごと》だね。お世話《せわ》になった人たちに配《くば》るんでしょ？　ときどき、ばあちゃんの手伝《てつだ》いでアームくんがやってるやつだ」

「ははは、それも大事《だいじ》な仕事《しごと》だが、そうじゃない。よし、見せてやるからいっしょに来るか」

「ぼくのおむかえはどうするの？」

「なに、歩いてすぐそばのところじゃよ。新しく倉庫《そうこ》を建《た》ててな」

「ばあちゃんにおこられるよ？」

「バレんうちに、帰ってくればええじゃろう」

じいちゃんは、そう言うとさっさと歩きだした。

ぼくはあわてて、じいちゃんとアームくんの後ろについていった。

「ここじゃ」

その倉庫《そうこ》の扉《とびら》のすきまからは、光が一筋《ひとすじ》もれていた。

じいちゃんが扉《とびら》を開《ひら》くと、目の前にぴかぴかの板張《いたば》りの床《ゆか》があらわれる。

そして、次《つぎ》に飛《と》びこんできた光景《こうけい》を見て、ぼくは、あっと声をあげた。

「アームくんが、いっぱい⁉」

「おどろいたじゃろ？」

「なんでこんなに……」

じいちゃんは、ぼくの反応《はんのう》がねらいどおりだったようで、大声で笑《わら》った。

「こいつらはアームに似《に》てはおるが、アームではなくての」

そう言われて、ぼくは目の前にずらりとならぶ人工生物《じんこうせいぶつ》たちを改《あらた》めて観察《かんさつ》した。たしかに落《お》ち着《つ》いて見ると、アームくんとは腕《うで》の太さがまったくちがう。全員《ぜんいん》が、もやしのようにたよりなかった。

「こいつらはアームの後輩《こうはい》に当たるやつらじゃよ。もちろん、すべてわしがつくった」

「後輩《こうはい》かぁ！」

事情《じじょう》がわかると、ぼくは思わず笑《わら》ってしまった。

細い腕《うで》たちは、思い思いに一生懸命《いっしょうけんめい》ダンベルを持《も》ちあげている。熱《ねっ》気《き》がむんむん伝《つた》わってくる。

「あ、アームさん！　おつかれさまッス！」

「おつかれさまッス！」

こちらに気づいた腕《うで》たちは、ダンベルを降《お》ろしていっせいに腕《うで》を折《お》り曲《ま》げ、おじぎのような動作《どうさ》をした。

「ふむ。開始前《かいしまえ》に自主《じしゅ》トレか。いい心がけだ」

アームくんはずしずし中へと入っていって、満足《まんぞく》そうにそう言った。

壁《かべ》の大きな鏡《かがみ》の前に歩いていくと、みんなに向《む》かって声をかけた。

「よし、それではトレーニングをはじめることとするッ！」

「アームさん、本日もよろしくお願《ねが》いしまッス！」

「お願《ねが》いしまッス！」

「いいか、きみたち。ダンベルできたえるのはいいことだがな、ただダンベルを上《あ》げさえすればいいというわけではないんだぞ。筋《きん》トレにはフォームがとても大切なんだ。今日は、そこのあたりを重点的《じゅうてんてき》に教えようと思っている。各自《かくじ》ダンベルは持《も》ったか？　では、開始《かいし》ッ！」

その様子《ようす》を、じいちゃんは目を細めながらながめている。

「アームのやつも立派《りっぱ》に成長《せいちょう》したもんじゃのぉ」

アームくんのゲキが飛《と》ぶ。

「やめやめ！　はい、手をとめて！　きみたちには危機感《ききかん》が足りてない。こんなことではいつまでたっても仕事《しごと》なんてできないぞ。ほら、もっとダンベルを高く上《あ》げて！　こうだ！　ふんっ！　ふんっ！」

ぼくはうなずきながら言った。

「大事《だいじ》な仕事《しごと》ってのは、こういうことだったんだね」

「ほぉよ。次《つぎ》の世代《せだい》の育成《いくせい》というのは、どんな世界《せかい》でも大切じゃからの」

「アームくんも、初《はじ》めはみんなみたいに細い腕《うで》をしてたの？」

「そうじゃ。いまの技術《ぎじゅつ》では人工筋肉《じんこうきんにく》を太くつくることはむずかしいからな。アームのやつも最初《さいしょ》は青白いひょろ助《すけ》じゃったよ。それを指《し》導《どう》してきたえてやったのが、このわしじゃ。そのころはもちろん、稽《けい》古《こ》をつけてくれる先輩《せんぱい》なんておらんかったからのぉ。

こやつら全員《ぜんいん》、きびしいシゴキに必死《ひっし》になって食らいついて、いつかアームのように高いタワーを建《た》てられるようになってやるんだと息《いき》巻《ま》いておる。先が楽しみじゃよ」

ぼくは、ぷるぷるふるえながら一心不乱《いっしんふらん》にダンベルと格闘《かくとう》している腕《うで》たちが、かわいく感《かん》じられてしかたなかった。

と、そのとき、ぼくはあることに気がついた。

「そういえば、なんだかみんな、ずいぶん動《うご》きがぎこちないね。トレーニングは、まだはじまったばっかりなのに……」

腕《うで》たちは、意気《いき》ごみに反《はん》して動《うご》きがにぶいように感《かん》じられたのだった。

すると、じいちゃんは苦笑《にがわら》いをうかべて言った。

「さすがはわしの孫《まご》。観察眼《かんさつがん》がするどいことじゃ。これはだな、一流《いちりゅう》を目指《めざ》すためにはさけては通れん道なんじゃよ」

「どういうこと……？」

ぼくは首をかしげてたずねる。

「そもそもは、故障《こしょう》をすぐに発見《はっけん》できるよう、痛《いた》みを感《かん》じる神経《しんけい》を組みこんだことが関係《かんけい》しておっての。ほれ、マサにも経験《けいけん》があるじゃろう？　はげしい運動《うんどう》をしたあとに、どうなるか」

「もしかして……」

じいちゃんは痛《いた》みをこらえるように片目《かため》をつぶった。

「ああ、毎日のきびしいトレーニングで、こやつら全員《ぜんいん》、ひどい筋肉《きんにく》痛《つう》に悩《なや》まされておるんじゃよ」

アシュラジャケット

「じいちゃん、これなに？」

ぼくがたずねると、油《あぶら》まみれの白いツナギを着《き》たじいちゃんは得意《とくい》そうに言った。

「アシュラジャケットというものじゃ」

ここ小池機械鉄工《こいけきかいてっこう》では、日夜《にちや》、不思議《ふしぎ》なものが生みだされつづけている。

くるりと丸まった鉄《てつ》クズの散《ち》らかる作業場《さぎょうば》のすみには、いつの間にかハンガーラックが置《お》かれていた。そしてそこには、黒いジャケットがずらりと何着《なんちゃく》もならんでいた。

「アシュラジャケット？」

「ほぉよ」

「またじいちゃんが発明《はつめい》したの？」

ぼくが背《せ》をのばしてそれを手にとろうとすると、じいちゃんはあわて止めに入った。

「おっと、さわっちゃいかん。マサにはまだ早いから」

「ウソだ。そんなこと思ってないくせに。どうせ、ばあちゃんに言われてるだけでしょ？　ぼくにはさわらせるなって。いいじゃん、少しくらい」

「ダメじゃ。そんなことをしたら、ばあさんにおこられる。マサを作《さ》業場《ぎょうば》に入れるのでさえおこるのに」

「やっぱり」

やれやれと、ぼくはわざとらしく肩《かた》をすくめる。

「まあ、わかったよ。でも、これは何に使《つか》うためのやつなのさ」

ぼくは改《あらた》めてジャケットを観察《かんさつ》した。どれもえり首のあたりからにゅうと一本、金属《きんぞく》の棒《ぼう》がつきでている。先っぽには、フックのようなものがついていた。

「このジャケットを着《き》るとな、腕《うで》がもう一本増《ふ》えるんじゃ。それも、とびきりじょうぶな腕《うで》がの」

そう言って、じいちゃんはジャケットを一着《ちゃく》、ハンガーから取《と》りはずして腕《うで》を通した。チャックを上げると、じいちゃんの身体《からだ》にぴったりフィットした。

と、次《つぎ》の瞬間《しゅんかん》だった。

首根《くびね》っこあたりからつきでた棒《ぼう》が、根元《ねもと》を中心にぐるぐる回りはじめた。おどろいてじいちゃんの方に目をやると、手元のレバーをいじっているのが目に入った。じいちゃんはぼくに向《む》かってニヤリとすると、回る棒《ぼう》をぴたっと止めた。

「おどろくのは、まだ早いぞ」

そう言った矢先《やさき》、今度《こんど》は棒《ぼう》の先っぽのフックがウィーンと音を立てて降《お》りてきた。そしてそばにあった油《あぶら》の缶《かん》を引っかけると、もう一度《いちど》ウィーンウィーンと元の位置《いち》へともどっていく。缶《かん》はあっという間に宙《ちゅう》ぶらりんになった。

「すごいすごい！」

「ほぉじゃろ？」

じいちゃんはクレーンゲームで遊《あそ》ぶように缶《かん》を上げたり下げたりしてみせた。

着《き》られるクレーンなんて、すごい発明《はつめい》だ！

ぼくはすっかり興奮《こうふん》に包《つつ》まれた。

「でも、缶《かん》をぶらさげたりして重《おも》くないの？」

「それが重《おも》くないから、このジャケットには価値《かち》があるんじゃ。最先《さいせん》端《たん》の研究《けんきゅう》の成果《せいか》でな。重《おも》さはジャケットから身体《からだ》の芯《しん》に伝《つた》わって、うまいこと地面《じめん》から逃《に》げていくようになっておるんじゃよ」

「へぇえ！　それじゃあ、何でも持《も》ちあげられるじゃん！　この、なんとかジャケットさえあれば！」

「アシュラジャケット、じゃよ」

ぼくは、その言葉《ことば》がわからず聞いた。

「そのアシュラっていうのは、どういう意味《いみ》なの？」

「仏教《ぶっきょう》に、三つの顔と六つの腕《うで》を持《も》ったアシュラという神様《かみさま》がおってな。このジャケットを着《き》ると腕《うで》が増《ふ》えるようなもんじゃろ。だからアシュラジャケットと命名《めいめい》した」

「でも、増《ふ》えるのは腕《うで》一本分だけでしょ？　アシュラとかいうやつとは全然《ぜんぜん》ちがうじゃん」

「こまかいことはいいんじゃ。これから増《ふ》やす予定《よてい》なんじゃから。まったく、あげ足をとるところは、ばあさんそっくりでいかんな」

「でも、ばあちゃんも大助《おおだす》かりだね。重《おも》い荷物《にもつ》だって軽々《かるがる》持《も》てるんでしょ？　これならアームくんがいないときでも、買ったお米をひとりで運《はこ》べるし」

「それがわしのねらいじゃよ」

じいちゃんはふくみ笑《わら》いをした。

「どういうこと?」

「毎度毎度《まいどまいど》、ばあさんの買《か》い物《もの》に付《つ》き合わされるのがやっかいでなぁ。そこで、なんとかせんとと、ココを使《つか》ったわけじゃ」

頭を指《ゆび》でトントンとやる。

「必要《ひつよう》は発明《はつめい》の母と言うじゃろ。マサも、将来《しょうらい》のために覚《おぼ》えておくといい。正しい頭の使《つか》い方《かた》をな」

じいちゃんはニヤニヤしながらつづけた。

「まあ、好奇心旺盛《こうきしんおうせい》なのはいいことじゃがな。わしのいないところでは、くれぐれもさわってくれるなよ。ばあさんにおこられるのは、わしなんじゃから」

そう言い残《のこ》すと、じいちゃんは事務所《じむしょ》のほうへともどっていった。

じいちゃんの姿《すがた》が消《き》えたのを確認《かくにん》すると、ぼくは迷《まよ》うことなくジャケットを手にとった。

「かっこいいなぁ……」

じかにさわると、着《き》てみたいという思いが強くなる。でも、見つかったらめんどうだ……。

そのせめぎ合いの中、突然《とつぜん》、いい考えが頭をよぎった。

これだけあるんだから、ちょっとくらいなくなってもわからないに決《き》まってる！

「じいちゃん、ばあちゃん！　ちょっとケイスケの家に遊《あそ》びに行ってくる！」

ぼくは四着《ちゃく》ほどジャケットをかすめ取《と》ると、友達《ともだち》の家に走って逃《に》げた。

子供部屋《こどもべや》にこもって、ゲームをひと通りやり終《お》えたころ。ぼくは一着《ちゃく》のジャケットを大きなバッグからとりだして、みんなに見せた。

「ねぇ、見てよ！　じいちゃんの発明品《はつめいひん》！」

ぼくの声で、みんなから「おお！」と歓声《かんせい》があがる。この瞬間《しゅんかん》は、いつも鼻高々《はなたかだか》だ。

「アシュラジャケットっていってね。クレーンみたいな棒《ぼう》がついてるでしょ？　これを着《き》ると、どんなものでも持《も》ちあげられるようになるんだよ」

「さすがは、マサのじいちゃんだな。で、おれらの分もあるんだろ？」

「もちろん」

ぼくは残《のこ》りの三着《ちゃく》をわざとゆっくり取《と》りだすと、みんなに配《くば》った。

「いい？　こうやって着《き》るんだよ」

ぼくは先生になったような気持《きも》ちで説明《せつめい》をした。

「どうやって動《うご》かすの？」

「ラジコンみたいにレバーをたおすだけだよ」

「わ！　ほんとだ！」

「すごいでしょ？　今度《こんど》はレバーを引いてみなよ」

「おお！　フックが降《お》りてきた！」

「それで引っかければ、何でも持《も》ちあげられるんだ」

「へぇぇ！」

ケイスケたちは、さっそくクレーンを試《ため》しはじめた。

テレビにコンポ、スチールラックに本のつまったダンボール。ぼくたちは、部屋《へや》のなかのいろんなものを次々《つぎつぎ》と持《も》ちあげては、すごいすごいとはしゃぎまわった。

と、夢中《むちゅう》になって遊《あそ》んでいたときだった。

突然《とつぜん》、自分の身体《からだ》に異変《いへん》が起《お》こった。あろうことか、身体《からだ》がふわりと宙《ちゅう》にうきあがったのだった。一瞬《いっしゅん》の出来事《できごと》に、ぼくはパニックにおちいった。

ひとりでおろおろしているとゲラゲラと笑《わら》い声《ごえ》が聞こえてきて、それでようやく、何が起《お》きたのか理解《りかい》した。ケイスケがクレーンのフックで引っかけて、ぼくの身体《からだ》を持《も》ちあげていたのだった。

「なにすんのさ！」

「いいじゃん、ちょっとくらい」

「やめろって！」

足をバタバタさせてもがいていると、みんなはますますおもしろがった。

いたずらされるくらいなら貸《か》さないほうがよかった……。

後悔《こうかい》しはじめた、そのときだった。

あっと、友達《ともだち》のひとりが声をあげた。

「ねぇ、おれ、おもしろいこと思いついちゃった」

「いいから、早くはずしてよ！」

ぼくは必死《ひっし》にうったえた。

だけどそれは聞き入れられず、残《のこ》りのふたりはそいつに言った。

「なになに、なにを思いついたの？」

そいつは、もったいぶってから口を開《ひら》いた。

「いやね、みんなで身体《からだ》を持《も》ちあげ合ってみたら楽しそうだなって思ったんだよ」

一瞬《いっしゅん》、部屋《へや》がしーんとしたあとで、ひとりが聞いた。

「……どういう意味《いみ》？」

「だーかーらー、いまケイスケが、マサを持《も》ちあげてるだろ？　で、マサが次《つぎ》のやつを持《も》ちあげる。次《つぎ》のやつは、また次《つぎ》のやつを持《も》ちあげる。そうして最後《さいご》に、ケイスケの身体《からだ》が持《も》ちあげられる。つまり、四人全員《ぜんいん》が次《つぎ》のやつを順々《じゅんじゅん》に持《も》ちあげていくんだよ」

ぼくは頭がこんがらがって、思わず聞いた。

「最初《さいしょ》の人が最後《さいご》の人に持《も》ちあげられて……って、それじゃあだれが地面《じめん》に足をつくのさ！」

「それがわからないから、どうなるか実験《じっけん》してみようって言ってるんじゃないか」

「なるほどぉ……」

たしかに、まったく予想《よそう》ができず、みんなだまりこんでしまった。

そんな中、ぼくは自分がいたずらをされていることも忘《わす》れてがぜん興《きょう》味《み》がわいてきて、一番に口を開《ひら》いた。

「おもしろいじゃん！　やってみようよ！」

それにつづいて、残《のこ》りのふたりも賛成《さんせい》の声を口にした。

「決《き》まりだな。じゃあ、みんなで四角にならぼうぜ。よし、まずは、マサからだな」

指名《しめい》されて、ぼくはうんとうなずいた。つるされたままで身体《からだ》をひねって向《む》きを変《か》える。残《のこ》りのふたりも移動《いどう》して、四人で四角の形をつくる。

「マサ、持《も》ちあげてくれ」

そう言われ、ぼくは隣《となり》の友達《ともだち》のえり首にフックを引っかけ、レバーを動《うご》かした。何の苦労《くろう》もなく、そいつは宙《ちゅう》に持《も》ちあがる。ケイスケはぼくと友達《ともだち》、ふたり分の体重《たいじゅう》を支《ささ》えているのに、不思議《ふしぎ》とびくともしていなかった。

次《つぎ》に、ぼくがつり下げているやつが、残《のこ》りのひとりにフックをかける。なんなくふわりと身体《からだ》がうく。

そしていよいよ、最後《さいご》のステップに突入《とつにゅう》した。宙《ちゅう》にうかんだ四人目

が、ただひとり、足をついているケイスケを引っかけて、おそるおそるレバーをたおした。

その瞬間《しゅんかん》だった。

とんでもないことが起《お》こって、ぼくは頭が真《ま》っ白《しろ》になった。なんとケイスケの足までが、いとも簡単《かんたん》に地面《じめん》をはなれてしまったのだった。

え……？　ぼくたち四人、全員《ぜんいん》が宙《ちゅう》にうかんでる……？

事態《じたい》がのみこめず、言葉《ことば》が出てこなかった。

一瞬《いっしゅん》の沈黙《ちんもく》が流《なが》れたあと、ぼくたちは申《もう》し合わせたようにお互《たが》いの顔色をうかがった。みんな顔から血《ち》の気《け》がひいて青ざめている。きっといま、自分も同じような顔をしているんだろう……。

「誰《だれ》か、足がついてるやつは……？」

ぼくは、声をしぼりだした。

みんな首を横《よこ》にふる。

「わぁぁ‼」

一気に恐怖《きょうふ》がおしよせてきて、ぼくは必死《ひっし》でレバーをがちゃがちゃいじくり回した。でも、故障《こしょう》したのかレバーはまったく言うことを聞いてくれない。

そうこうしている間にも、どういうことかぼくたちは上へ上へとちょっとずつクレーンに引きあげられていく。ひとりが上がり、それに合わせて次《つぎ》のやつが少し上がる。すると次《つぎ》のやつが少し上がって……。

「うわぁぁ、だれか来てぇぇ‼」

さけんでいてもどんどん身体《からだ》は昇《のぼ》っていって、とうとうぼくらは天《てん》井《じょう》に頭をぶつけた。部屋《へや》には異様《いよう》な空気が満《み》ちていた。

「だれか！　だれか！　助《たす》けてよ‼」

突然《とつぜん》、ドン、とドアが開《あ》いた。

「ちょっと何やってんの、あんたたち！」

来てくれたのは、ケイスケのお母さんだった。そのおかげで、異様《いよう》な空気が一気にぬけていった。

天井《てんじょう》に頭をぶつけながら、ぼくたちは張《は》りつめた糸が切れたように大声で泣《な》いた。

「降《お》りられなくなっちゃったんだぁぁ」

ケイスケが泣《な》きべそをかきながら事情《じじょう》を説明《せつめい》すると、お母さんは鉄《てっ》工所《こうじょ》に電話をすると言ってすぐに部屋《へや》を出ていった。

かけつけたじいちゃんの顔を目にすると、ぼくはまたもや涙《なみだ》があふれてきてしまった。

じいちゃんは宙《ちゅう》にうかぶぼくたちを見て、ニヤニヤしながら言った。

「まるで『エッシャー』のだまし絵だな。妙《みょう》なことが起《お》こるもんじゃなぁ」

「笑《わら》ってないで助《たす》けてよ！」

「いやあ、おかげさまで、物理学《ぶつりがく》に反《はん》する、おもしろい実験《じっけん》データが得《え》られたよ」

「いいから早く！」

それからぼくたちは、じいちゃんが持《も》ってきた脚立《きゃたつ》で救出《きゅうしゅつ》されて、なんとか地上にもどることができた。

「これにこりたら、勝手《かって》に発明品《はつめいひん》をいじったりしないことじゃ」

じいちゃんは、となりにいるばあちゃんの顔色をチラチラとうかがいながら言った。

「ごめんなさい……」

ぼくがアシュラジャケットを着《き》たばあちゃんに首根《くびね》っこからつるされて、こっぴどくしかられながら連《つ》れ帰られたのは言うまでもない。

窓のクモ

「あれ、窓《まど》ガラスが割《わ》れてるよ？」
ぼくが反射的《はんしゃてき》に声をだすと、リョウちゃんはやっと気がついたかと
でも言いたそうに黒縁《くろぶち》のメガネをおしあげた。
「じつにきれいだと思わない？」
そう言って、ニヤリと片側《かたがわ》のほおをつりあげて笑《わら》った。
家の窓《まど》が割《わ》れてるっていうのにそれがきれいだなんて、意外《いがい》な言葉《ことば》
にぼくはちょっぴりとまどった。
お菓子《かし》をつまみながら、もう一度《いちど》それを見つめる。窓《まど》は真《ま》ん中《なか》あた
りが丸い形にこまかく割《わ》れていて、リビングをキラキラと照《て》らしてい
る。
「言われてみるときれいかも。でも、リョウちゃんも虫以外《いがい》のことに
興味《きょうみ》を持《も》つんだねぇ」
リョウちゃんは、クラスで有名《ゆうめい》な虫博士《はかせ》だ。

トノサマバッタやオオカマキリ。モンシロチョウはもちろんのこと、ミノムシなんかまでいろんな虫を持《も》ってきて、いつも教室のうしろの棚《たな》で飼《か》っている。机《つくえ》のなかには分厚《ぶあつ》い図鑑《ずかん》が入っていて、どのページに何がのっているかを当てることもできるほどだ。

子供部屋《こどもべや》は当然《とうぜん》ながら、家のリビングにまで飼育《しいく》ケースがずらりとならぶような、虫にしか目がない性格《せいかく》だから、リョウちゃんがほかのことに興味《きょうみ》を持《も》つだなんて、もうそれだけでちょっとしたおどろきだった。

「まさか。興味《きょうみ》があるのは虫だけだよ」

「ウソだ。だっていま、ガラスがきれいだって言ったじゃない」

「言ったよ」

「ほら。ガラスと虫なんて関係《かんけい》ないもんね」

ぼくは少しムキになった。でも、リョウちゃんは予想《よそう》もしていなかった言葉《ことば》を口にした。

「大ありだよ。あれはクモの巣《す》なんだからね」

一瞬《いっしゅん》、何のことだかわからなかったけど、一拍《いっぱく》おいて、ぼくは、ははあと思った。

割《わ》れたガラスを見てクモの巣《す》みたいな割《わ》れ方《かた》だとだれかが言うのを聞いたことがあるけど、リョウちゃんの目にも、あれがクモの巣《す》に見えているのだなと納得《なっとく》した。

「たしかにそういう形に割《わ》れてるけど、リョウちゃんは虫と関係《かんけい》あったら何でも好《す》きなんだねぇ」

ぼくは思わずほほえんだ。

するとリョウちゃんは、首をふって否定《ひてい》した。

「ちがうよ、あれは本物《ほんもの》のクモの巣《す》なんだよ」

その言葉《ことば》が理解《りかい》できずに、どういうことかと聞いてみた。

「どういうも何も、クモの糸でできたクモの巣《す》なんだってば」

でも、とぼく。

「あれはガラスが割《わ》れてるだけでしょ……？」

「割《わ》れたように見えるだけで、ガラスの表面《ひょうめん》にクモが糸を張《は》ってるんだよ」

ぼくはようやく、おどろきながらも事情《じじょう》をのみこむことができた。

「そんなクモがいるんだねぇ！　初《はじ》めて聞いたよ！」

「ぼくも、つい最近《さいきん》までは知らなかったんだ」

「リョウちゃんでも知らない虫がいるんだなぁ」

「いや、図鑑《ずかん》にのってる虫なら知らないやつはいないよ」

つまりは、とつづける。

「こいつは図鑑《ずかん》にはのってないクモだってことさ」

「それじゃあ！」

ぼくは興奮《こうふん》で大きな声をあげてしまった。

「そう、新種《しんしゅ》のクモさ」

さらりと言いながらもメガネの奥《おく》で目をかがやかせているリョウちゃんを見て、ぼくの心はますますうき立った。新種《しんしゅ》だなんて大ニュースじゃないかと、自分が発見《はっけん》したように、はしゃいでしまった。

「もっとよく見てもいい？」

「もちろんさ。でも、くれぐれもさわらないようにね」

「わかってるよ。せっかくの巣《す》を台なしにしたくないからね」

「そういう意味《いみ》じゃないんだけど……まあ、とにかく見てみなよ」

リョウちゃんは虫メガネを渡《わた》してくれた。窓《まど》に近《ちか》よって、それをまじまじと見つめる。ところどころに水滴《すいてき》がついていて、虹色《にじいろ》を反射《はんしゃ》している。

「注意《ちゅうい》して見ないと気がつかないけど、窓《まど》のすみっこのほうを虫メガ

ネで見てみなよ」

「……これがそのクモ？　ミジンコみたいに透明《とうめい》なんだねぇ」

「まるでガラスみたいなクモでしょ？　本体が見つかりにくいから、ぱっと見ただけじゃこれがクモの巣《す》なのか、ただの割《わ》れたガラスなのか区別《くべつ》がとってもつきにくい」

ぼくは拡大《かくだい》したクモをいろいろな角度《かくど》から観察《かんさつ》する。

「ほんとにガラスといっしょになるために生まれてきたようなクモだねぇ……」

なんだか神秘的《しんぴてき》な気持《きも》ちになって、そうつぶやいた。

「じつはぼくは、こう考えてるんだ。もともとこのクモは、そのへんにいる普通《ふつう》のクモと同じ種類《しゅるい》のクモだったんじゃないか……それが進化《しんか》して、新種《しんしゅ》のクモになったんじゃないかって」

そもそも色からして全然《ぜんぜん》ちがうじゃないかと、ぼくはすんなり理解《りかい》ができなかったけど、リョウちゃんはつづけた。

「だって、ガラスなんて昔《むかし》は存在《そんざい》しなかったんだよ？　ガラスに巣《す》を張《は》るクモが昔《むかし》からいたなんてことは考えられないじゃないか。それに、仮《かり》に存在《そんざい》してたとしても、こんなに身近《みぢか》にいるのに、いままで発見《はっけん》されてなかったっていうのも不思議《ふしぎ》な話でしょ？　だから、このクモは最近《さいきん》の環境《かんきょう》の変化《へんか》で生まれた新しいクモなんじゃないかって、ぼくはそう、にらんでるんだ」

「さすがは虫博士《はかせ》、考えることがちがうなぁ……」

感心《かんしん》しながら、ぼくは言った。

「でも、その環境《かんきょう》の変化《へんか》っていうのは、何なんだろうねぇ……」

「それなんだよ」

リョウちゃんは、いい質問《しつもん》だとばかりに身《み》を乗《の》りだした。

「ぼくもいろいろ考えて、ひとつの答えにたどりついたんだ」

「答えって？」

今度《こんど》は、ぼくが身《み》を乗《の》りだす番だった。

「進化《しんか》が求《もと》められるほどの変化《へんか》。それは食糧不足《しょくりょうぶそく》なんじゃないかって、ぼくは考えてる。食べるものがなくなると生きていけない。だから、それに適応《てきおう》するためにクモは進化《しんか》したんだという考えさ」

「食糧《しょくりょう》っていうと、ほかの虫たちってこと？」

「そう、お父さんに聞いた話だと、昔《むかし》はこのあたりにも自然《しぜん》がたくさんあって、学校が終《お》わるとよく虫カゴを持《も》って虫とりに出かけてたんだって。でも、いまじゃ自然《しぜん》どころか花壇《かだん》だってあんまり見ない。だから虫がほとんどいないんだ。たとえば、このあたりでチョウが飛《と》んでるのを見たことある？」

ぼくは首を横《よこ》にふる。

「うちで飼《か》ってる虫たちも、お父さんにクルマで遠くまで連《つ》れていってもらって、ようやくつかまえてきてるくらいのものなんだ。だから、クモたちだって食事《しょくじ》にこまってるにちがいないと思ったわけさ」

「……だけど、そのこととクモの進化《しんか》が、どう関係《かんけい》してるっていうの？」

リョウちゃんは、するどく目を光らせた。

「ぼくはこう考えたんだ。いまのきびしい環境《かんきょう》のなかでは、窓《まど》ガラスはじつは一番効率《こうりつ》よくエサがとれる場所《ばしょ》なんじゃないかって。虫は光によってくるものでしょ？　だから、このあたりで生きてる数少ない虫たちも、夜になると窓《まど》からもれる光に集《あつ》まってくるはず。その虫たちをつかまえるために、クモはこんなところに巣《す》をつくるようになったんじゃないかって思ったんだ。そしてそこで待《ま》ちぶせしやすいように、身体《からだ》の色もどんどん適応《てきおう》していった」

ぼくは、うなずくだけだった。

「……と考えてたんだけど、何だかそれはまちがってるような気がしてね」

すっかりわかったようになって話を聞いていたぼくは、突然《とつぜん》の言葉《ことば》に混乱《こんらん》した。

「まちがってるって、どうして……？」

「だってそれなら、街灯《がいとう》の近くに巣《す》をつくるほうがよっぽどいいじゃないか。そっちのほうが家の灯《あか》りよりも光が強いんだから」

「たしかに」

それならなぜ、クモは窓《まど》なんかに巣《す》をつくったのか……。

「その謎《なぞ》が解《と》けたのは、つい最近《さいきん》のことなんだ。お父さんの言葉《ことば》を聞いて、はっとして。あるとき会社から帰ったお父さんが、カバンを開《あ》けてこう言ったんだ。落《お》とした覚《おぼ》えもないのに、携帯電話《けいたいでんわ》の画面《がめん》にヒビが入ってるって。ぼくはその言葉《ことば》に思い当たることがあって、お父さんがお風呂《ふろ》に入ってるあいだにこっそり携帯《けいたい》を見たんだ。すると、いたんだよ」

「まさか、クモが……？」

「そう、こいつとおんなじようなやつがすみっこに。クモのすみかは窓《まど》だけじゃなかったんだ。ぼくは、ツマヨウジで画面《がめん》に広がるクモの巣《す》にふれてみた。すると糸はくるっと巻《ま》きついて、画面《がめん》はもとの通りにきれいになった。ぼくはこわくなって、思わずクモを殺《ころ》してしまったんだ」

「何をそんなにこわがるのさ」

「言ったでしょ？　クモは食糧《しょくりょう》不足《ぶそく》が原因《げんいん》で進化《しんか》したんじゃないかって。そしてぼくは、進化《しんか》はまだまだ途中《と》段階《ちゅうだんかい》なんじゃないかと思ってるんだ。いまこうしてる間にも、クモたちはどんどん進化《しんか》してるにちがいない。よりエサがふれやすい新しい場所《ばしょ》を求《もと》めて、いろんなガラスに適応《てきおう》してるはずなんだ。巣《す》の粘着力《ねんちゃくりょく》も、きっともっと強くなる。

もちろん、すべては食糧確保《しょくりょうかくほ》のためにね」

「その食糧《しょくりょう》っていうのは……？」

リョウちゃんは黒縁《くろぶち》メガネをぐいとおしあげる。

「虫のかわりに都会《とかい》にたくさんいるものって、何だと思う？　さっき、窓《まど》にさわらないほうがいいって言ったのはそのためさ。

クモたちが豊富《ほうふ》な食糧《しょくりょう》にありつけるようになるのも、時間の問題《もんだい》かもしれないよ……」

家庭の温度

「マサ、できたぞ！」

その声で、ぼくは工作をしていた手を止めてふり返《かえ》った。作業場《さぎょうば》から顔をのぞかせて手《て》まねきしているじいちゃんを見つけると、急いでそっちにかけつけた。

「なになに、ついにできたの⁉」

近ごろずっと、じいちゃんはひとつの作業《さぎょう》にかかりきりだった。なにをつくっているのかたずねてみても、完成《かんせい》するまで秘密《ひみつ》だからとくわしいことは教えてくれなかった。ときどき国のえらい人がたずねてきていたから、きっとまた大きな仕事《しごと》をしてるんだろう。そんなことを想像《そうぞう》する程度《ていど》だった。

「それで、今度《こんど》はなにをつくったの⁉」

「ちょっと待《ま》て、その前に……」

じいちゃんは、あたりをきょろきょろ見渡《みわた》した。

「ばあさんは、おらんようじゃな」

ぶつぶつと言ってから、ぎこちなくウィンクして作業場《さぎょうば》の中に入れてくれた。

「おい、アーム、あれを持《も》ってきてくれ」

助手《じょしゅ》のアームくんは、ぺこりと身体《からだ》を折《お》りたたんで、うなずいた。

「承知《しょうち》しました」

ずしずしと歩いていって、アームくんは奥《おく》から大きなものを持《も》ってきた。

「これじゃよ」

じいちゃんは得意《とくい》そうに言った。それは大人《おとな》くらいの高さがある箱《はこ》型《がた》のもので、両端《りょうはし》からはホースのようなものがのびていた。

「なんなの？　これ……」

「発電装置《はつでんそうち》じゃ」

「発電《はつでん》って……発電所《はつでんしょ》にでも設置《せっち》するの？」

「いや、そうではない」

「それじゃあ、どこに置《お》くのさ」

「家と家のあいだじゃな」

「家と家……？」

ぼくは意味《いみ》がわからずに混乱《こんらん》してしまった。

じいちゃんは、ぼくの様子《ようす》を見て笑《わら》った。

「ははは、順番《じゅんばん》に説明《せつめい》してやるから、まずは落《お》ち着《つ》くことじゃ。今回の案件《あんけん》はな、国からの依頼《いらい》でわしがあるアイデアを実現《じつげん》させる、というたぐいの仕事《しごと》でなぁ。だから装置《そうち》のアイデアを考えたのは、わし自《じ》身《しん》ではないんじゃが……」

発明品《はつめいひん》をひろうするときのじいちゃんにしてはめずらしく、どこかパッとしない表情《ひょうじょう》だった。でも、そのことにはふれないで、ぼくは話のつづきに耳をかたむけた。

「そのアイデアというのはだな、家庭《かてい》の熱《ねつ》を利用《りよう》して発電《はつでん》をするというものじゃ」

「家庭《かてい》の熱《ねつ》……？」

ぽかんとしていると、じいちゃんは言った。

「そもそもじゃ、熱《あつ》いものと冷《つめ》たいもの、この二つの温度《おんど》の差《さ》を利用《りよう》して発電《はつでん》が可能《かのう》だという話は、聞いたことがあるかのぉ？」

少し考えてから、ぼくは首を横《よこ》にふった。

「ほぉか。ならば、ひとつ例《れい》をあげよう。たとえば、海水の温度差《おんどさ》で発電《はつでん》するというようなことが実際《じっさい》におこなわれておってな」

「海水……？　海水に温度《おんど》の差《さ》なんてあるものなの……？」

「あるとも。ひと口に海水と言うても、海は深《ふか》くなるほど、しだいに冷《つめ》たくなっていくものなんじゃよ。だから、上のほうと下のほうで温《おん》度《ど》がずいぶんちがっておるんじゃ。その差《さ》を利用《りよう》して、電気をつくる」

「どうやって？」

「まず、沸騰《ふっとう》しやすい液体《えきたい》を用意《ようい》する。それを上のほうの温《あたた》かい水の熱《ねつ》で沸騰《ふっとう》させて、蒸気《じょうき》に変《か》えてやるんじゃ。すると蒸気《じょうき》の力で風車のようにタービンが回って電気が生まれる。そうして今度《こんど》は下のほうの冷《つめ》たい水で気体を冷《ひ》やして元の液体《えきたい》にもどしてやって、それを熱《ねつ》でまた気体にする。このくり返《かえ》しでタービンが回りつづけるという仕組《しく》みじゃな」

ぼくは風車がくるくると回る様子《ようす》をイメージした。

「わしがつくった発電装置《はつでんそうち》も、それと同じような原理でできておる。使《つか》う熱《ねつ》の種類《しゅるい》がちがうだけじゃ」

「もしかして、それが家庭《かてい》の熱《ねつ》……？」

じいちゃんの言葉《ことば》を思いだして、つぶやいた。

「そうじゃ、それを利用《りよう》するんじゃよ」

「でも、家庭《かてい》の熱《ねっ》ってなんなのさ。家なんて、熱《あつ》くも冷《つめ》たくもないじゃんか」

たずねるぼくに、じいちゃんは待《ま》ってましたとばかりに身《み》を乗《の》りだした。

「ええ質問《しつもん》じゃ。じつは家庭《かてい》というもんにはちゃんと温度《おんど》が存在《そんざい》していてな、家によって熱《あつ》いところと冷《つめ》たいところがあるんじゃよ。

たとえば新婚《しんこん》の家庭《かてい》は熱《あつ》いもんじゃし、逆《ぎゃく》に結婚《けっこん》して長くたった家《か》庭《てい》や、すれちがいの多い家庭《かてい》なんかは冷《ひ》えておるという具合《ぐあい》じゃ。そういう二つの家庭同士《かていどうし》をこの装置《そうち》でつないでやると、温度《おんど》の差《さ》で海水の場合のように発電《はつでん》できるというわけなんじゃよ」

「へぇぇ……」

そんなことができるだなんてと、感心《かんしん》するばかりだった。やっぱりじいちゃんはすごいなぁ。ぼんやりと、そんなことを考えた。

そのとき、ぼくはあることに気がついて声をあげた。

「ねぇ、じいちゃん！　ってことはだよ？　もしかして、この装置《そうち》があればエネルギー問題《もんだい》も解決《かいけつ》するんじゃないの⁉」

ぼくは装置《そうち》が広まった世界のことを想像《そうぞう》した。

家庭《かてい》の熱《ねつ》で電気をつくることができるなら、エネルギーは、いまよりたくさんできそうだ。それに、環境《かんきょう》によくない発電方法《はつでんほうほう》にたよる必要《ひつよう》もなくなるじゃないかと思ったのだった。

「ははは、まあ、解決《かいけつ》と言い切れるかは定《さだ》かでないが、その助《たす》けにはなりうるじゃろう」

「……なるほどぉ、だから国の人がかかわってるってわけなんだねぇ」

「ほぉよ。国にとってエネルギー問題《もんだい》は、もっとも重要《じゅうよう》な課題《かだい》のひとつじゃからな。ちなみにな、国の構想《こうそう》の中には、より温度差《おんどさ》の大きな家庭《かてい》をとなりどうしに引《ひ》っ越《こ》しさせて発電《はつでん》の効率化《こうりつか》をはかろうというプランもある。それから将来《しょうらい》は装置自体《そうちじたい》を小型化《こがたか》して、夫婦《ふうふ》や友人間の温度差《おんどさ》でも発電《はつでん》できるようにすることも考えられておるようじゃ」

「ははあ……」

途方《とほう》もない構想《こうそう》に、ぼくは理解《りかい》するので、あっぷあっぷだった。国の人たちが考えることは、やっぱりすごいなぁ。もちろん、それを実《じつ》現《げん》させてしまう、じいちゃんも。

でも、と、ぼくは感《かん》じたことをおさえられずに口にした。

「なんだか、じいちゃんらしくない仕事《しごと》だねぇ……」

「ほぉ、そう思うか？」

少し迷《まよ》ったあとで、ためらいながら言った。

「……そりゃあ、とってもすごい装置《そうち》だと思ったよ。ぼくになんて、考えもつかないことだなぁって。だけど、じいちゃんのいつもの感《かん》じとは、ちょっとちがうような気がするんだ」

「どうちがうんじゃ？」

「なんか、じいちゃんらしくないいんだよ……」

自分でも、どう説明《せつめい》すればいいのかわからなかった。ただ、考えれば考えるほど、違和感《いわかん》は心の中で広がった。

もやもやしてだまっていると、突然《とつぜん》、じいちゃんが声をあげて笑《わら》いはじめたから、おどろいた。

「どうしたの……？」

「ははは、いや、さすがはわしの孫《まご》じゃと思ってな。するどいところをついてくる」

アームくんも笑《わら》い声《ごえ》を出している。

「するどいって……？」

「まあ、じつを言うとな、今回のことは依頼《いらい》を受《う》けたはいいが、正直、わしの中でも迷《まよ》いがあった仕事《しごと》なんじゃよ。たしかにこの装置《そうち》が広まれば、エネルギー問題《もんだい》の解決《かいけつ》につながるかもしれん。じゃが、それは本当に正しい方法《ほうほう》なのか？　アイデアはおもしろいが、この装置《そうち》は不《ふ》幸《こう》を生むことにつながりうるものなんじゃないのか？　そう自問自答《じもんじとう》してのぉ。

熱《あつ》い家庭《かてい》のほうは、ええじゃろう。しかし一番の問題《もんだい》は、冷《ひ》えた家《か》庭《てい》を利用《りよう》するという点じゃ。ともすれば、みなが誤《あやま》った方向《ほうこう》に行ってしまうのではないかと、わしは心配《しんぱい》した」

ぼくはじいちゃんの話に聴《き》き入った。

「もしもこの装置《そうち》にたよりきる社会になったとするじゃろう？　そうなったあとで、たまたま何かが原因《げんいん》で、世の中から冷《ひ》えた家庭《かてい》が少なくなってしまったとしたら、どうなるじゃろうか。

あくまで想像《そうぞう》の範囲《はんい》を出ない話ではあるがな、おそらく国は、エネルギー不足で大混乱《だいこんらん》が生じる前に対策《たいさく》に乗《の》りだすことになるじゃろう。つまりは、冷《ひ》えた家庭《かてい》をわざと増《ふ》やすための策《さく》を打《う》つにちがいない。そしてそれには、人の道に反《はん》した手段《しゅだん》が行使《こうし》されてしまうこともじゅうぶんに考えられる話じゃ。なにせ、みなの生活がかかっておるんじゃからな。

だが、どんな理由《りゆう》があろうとも、そんなことは決《けっ》してあってはならん。だからわしは、依頼《いらい》どおりに装置《そうち》をつくりはしたが、これは渡《わた》さんつもりでおる。ただし、だ。もうひとつ、似《に》た着眼点《ちゃくがんてん》で別《べつ》の装置《そうち》を開発《かいはつ》してな。国には、そっちを渡《わた》して新しいプランを提案《ていあん》しようと思っておるんじゃ」

「ええっ⁉」

想定外《そうていがい》の展開《てんかい》に、声をあげた。

ぼくは、きょろきょろとあたりを見渡《みわた》す。

「その装置《そうち》っていうのはどこにあるの？」

すると、じいちゃんはアームくんのほうに向《む》いた。

「おい、アーム。例《れい》のアレを持《も》ってきてくれ」

「アレですね」

うなずくと、アームくんは、また奥《おく》に消《き》えていった。

しばらくするともどってきて、同じような箱型《はこがた》の装置《そうち》を持《も》ってきた。

「お待《ま》たせしました。マサくん、これが秘密《ひみつ》の発明品《はつめいひん》ですよ」

「なんなの⁉」

ぼくは勢《いきお》いこんで聞いた。胸《むね》は期待《きたい》でいっぱいになっていた。

「所長《しょちょう》が、熱《ねつ》の原理《げんり》に基《もと》づいてつくったものなんですよ」

じいちゃんが「うむ」と、となりで言う。

「しかし残念《ざんねん》ながら、この装置《そうち》で発電《はつでん》はできん」

「それじゃあ、何に使《つか》うものなのさ」

「家庭《かてい》の熱《ねつ》を伝《つた》えること。ただそれだけのためにつくったんじゃ」

「熱《ねつ》を？　伝《つた》える？」

「あるいは交換《こうかん》しあえる、と言ってもええ。

これはだな、家庭《かてい》と家庭《かてい》で熱《ねつ》を行き来させて、おたがいの温度《おんど》をちょうどいいものにさせるための装置《そうち》なんじゃ。つまりはだ。舞《ま》いあがって熱《あつ》くなってしまっておる家庭《かてい》は、冷《ひ》えた家庭《かてい》のおかげでほどよい温《おん》度《ど》にまで下がる。逆《ぎゃく》に冷《つめ》たくなってしまっておる家庭《かてい》は、熱《あつ》い家庭《かてい》のおかげで温《ぬく》もりを得《え》られる。

つなぐ家庭《かてい》の組み合わせをうまく調整《ちょうせい》しさえすれば、やがて世界《せかい》はバランスのとれた温《あたた》かい家庭《かてい》で満《み》たされるじゃろう。と、わしはそんな構想《こうそう》のもとに、この装置《そうち》を開発《かいはつ》した」

ぼくの心は、すっかり熱《あつ》くなっていた。

「さっきも言うたとおり、この装置《そうち》で電力を得《え》ることはできん。だが、

世《よ》の中に温《あたた》かい家庭《かてい》が増《ふ》えれば、きっと世界《せかい》は、もっとうまく回るようになるじゃろう。そのほうが、目先の電力を追《お》い求《もと》めるような世界《せかい》よりも、よほど素敵《すてき》な世界《せかい》になるんじゃないかと、わしはそう思うわけじゃ。ま、絵《え》空事《そらごと》と笑《わら》われるかもしれんがな」

豪快《ごうかい》に笑《わら》うじいちゃんのことを、ぼくは心底《しんそこ》、誇《ほこ》りに思った。

しばらくのあいだ、装置《そうち》をながめながらいろんなことを考えた。じいちゃんがつくった装置《そうち》が生むだろう数々《かずかず》の幸《しあわ》せ。それを思うと、ますます誇《ほこ》らしい気持《きも》ちになっていった。

「ねぇ、じいちゃん」

やがてぼくは、口を開《ひら》いた。

「ひとつ、質問《しつもん》してもいい？」

「なんじゃ、言うてみぃ」

「この装置《そうち》でつなぐのは、熱《あつ》い家庭《かてい》と冷《ひ》えた家庭《かてい》だって言ったでしょ？　それならさ、じいちゃんとばあちゃんの家は、熱《ねっ》をあげるのと、もらうのと、どっち側《がわ》に回るのかなぁ？」

それは、ぼくの中に自然《しぜん》とわき起《お》こった疑問《ぎもん》だった。と同時に、じいちゃんがどう切り返《かえ》してくるだろうかと、反応《はんのう》を楽しむような気持《きも》ちもあった。

でも、じいちゃんの代《か》わりに答えてくれたのは、アームくんだった。

「おふたりの家は、そのどちらでもないんですよ。もっと言えば、ほかの家とはつながないほうが無難《ぶなん》でしょう」

とたんに、ぼくの頭はハテナマークでいっぱいになる。

「どういうこと……？」

「おふたりはケンカもよくしていますが、案外《あんがい》、仲《なか》がいいんです」

じいちゃんは、気まずそうな顔をしてそっぽを向《む》いている。

でも、と、ぼくはアームくんにたずねる。

「それじゃあ、なんでふたりの家をほかの家とつながないのさ。熱《ねつ》を分けてあげたらいいじゃんか」

アームくんは、身体《からだ》を横《よこ》にふった。

「いえ、それがそう簡単《かんたん》にはいかないのでむずかしいんです」

「なんでさ」

「おふたりの熱《ねつ》は高温《こうおん》、かつ無限大《むげんだい》ですからね」

じいちゃんは聞こえないふりをしてだまっている。

アームくんは、まじめにつづける。

「だからこそ、切り離《はな》しておかないといけないんです。でないと熱《ねつ》は、尽《つ》きることなくどんどん周《まわ》りに伝《つた》わってしまうでしょう？　そうなったときのことを想像《そうぞう》してみてください。

世界中《せかいじゅう》の家庭《かてい》がふたりの熱《ねつ》で燃《も》えつきて、灰《はい》になってしまいます」

ウォータークラフト

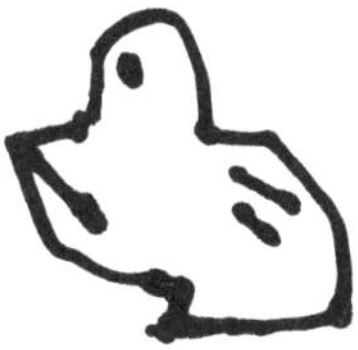

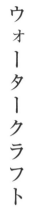

「もっくん、遊《あそ》びに来たよ」

チャイムを鳴《な》らすとお母さんが出てきたから、ぼくは背《せ》をのばして言った。

「おばちゃん、こんにちは。もっくんいますか?」

お母さんはにっこり笑《わら》って、二階《かい》にどうぞと通してくれた。

もっくんは、ぼくの親友《しんゆう》のひとり。ほかの人とはちがう自分の世界《せかい》をいっぱい持《も》っている人だから、いっしょに遊《あそ》んでいてとっても楽しい友達《ともだち》だ。これまでも、いろんな知らない世界《せかい》のことを、ぼくはたくさん教えてもらってきた。

ものをつくることの楽しさを教えてくれたのも、もっくんだった。もっくんは、釣《つ》りで使《つか》うルアーなんかも自分でつくってしまうほど。ルアーづくりは、バルサというやわらかい木をナイフで削《けず》るところからはじまる。最初《さいしょ》はあらく、途中《とちゅう》からはこまかくバルサを削《けず》って少しずつルアーの形――小魚の形をととのえてやる。次《つぎ》に、できあがったものにエアブラシでいろんな色を吹《ふ》きつけて、ダークなものからカラフルなものまで自由自在《じゆうじざい》に好《す》きな模様《もよう》を生みだしていく。ときには、アワビのカラをくだいた七色に光る粉《こな》をふりかけたりもしながら。塗《と》装《そう》がすむと目を入れて、最後《さいご》に色落《いろお》ちしないように透明《とうめい》な液《えき》に何度《なんど》もひたしてコーティングすると、ピカピカにかがやくオリジナルのルアーの完成《かんせい》という具合《ぐあい》。

もちろんぼくのは、もっくんのつくるプロみたいなのにはまだまだ遠くおよばないけど、こうしてできる自分だけのルアーは見ているだけでうっとりするほどきれいなものだ。

「形には命《いのち》がやどるんだ。これがゾウケイビってやつさ」

造形美《ぞうけいび》――ものの持《も》つ美《うつく》しさというのを教えてくれたのも、もっくんだった。ぼくはそれ以来《いらい》すっかり影響《えいきょう》を受《う》けてしまって、造形美《ぞうけいび》という言葉《ことば》が口《くち》ぐせになった。

「もっくん、入るよ」

少し開《ひら》いたドアを開《あ》けると、もっくんは机《つくえ》に向《む》かって、いつものように何かに熱中《ねっちゅう》している様子《ようす》だった。天気がいいのにカーテンを閉《し》め切っているからか、なんだか部屋《へや》は少し青っぽかった。

部屋《へや》のなかに足を一歩踏《ふ》み入れた、そのときだった。

「冷《つめ》たっ！」

何かを踏《ふ》んづけてしまって、思わずさけんだ。ぷちっと音がしたので何かと思って足をどけると、液体《えきたい》で靴下《くつした》がぬれていた。

ぼくの声を聞いて自分の世界《せかい》からもどってきたのか、もっくんは、ようやくこっちに気づいてくれた。

「あれ、いつ来たの？」

「さっき、入るよって言ったじゃん」

「ぜんぜん聞こえなかったよ」

ものをつくりはじめたら周《まわ》りの音が入らなくなるのは、いつものことだ。

ということは、と反射的《はんしゃてき》にぼくは思った。もっくんは、いまも何かをつくっていたところなんだろう。

「今日は何をつくってるの？」

ぼくはワクワクしながら聞いてみた。

「これさ」

もっくんは手にしていたものを見せてくれた。

それは少しだけ青っぽい、豆腐《とうふ》みたいに四角い透明《とうめい》の物体だった。

それが、ちょっとだけ削《けず》られている。

「アクリル板《ばん》……？」

ぼくはそうつぶやいた。でも、それは板《いた》じゃなくてカタマリになっていたから、初《はじ》めて見るものだった。

「ちがうよ。最近《さいきん》でたばかりの新しい素材《そざい》なんだ」

その言葉《ことば》を聞いて、ぼくの胸《むね》は高鳴《たかな》りはじめた。

もっくんは都会《とかい》の親戚《しんせき》の家に行くと、いつも必《かなら》ず新しいものを手に入れて帰ってくる。これもその、最新《さいしん》の何かにちがいないと思ったのだった。

「これはね、こうやって形をつくっていくものなんだよ」

もっくんはくわしい説明《せつめい》よりも先にナイフを手にとり、その物体《ぶったい》に刃先《はさき》を当てた。そのまま刃《は》をすぅっと入れたかと思うと、ぱっと刃《は》を返《かえ》して物体《ぶったい》をはじいた。はじかれたそれは床《ゆか》に飛《と》び散《ち》る。さっきぼくが踏《ふ》んづけたのは、これだったのかと納得《なっとく》した。

横《よこ》で見守《みまも》っているとだんだんと形があらわれはじめ、みるみるうちに立派《りっぱ》なクジラができあがった。あまりにかんたんに本物《ほんもの》そっくりなものをつくってしまうのだから、もっくんの技術《ぎじゅつ》は本当にすごい。

「さわってみる?」

ぼくは、差《さ》しだされたクジラを包《つつ》みこむように手で持《も》った。とてもひんやりしていて、寒天《かんてん》みたいな、ゼリーみたいな、スライムみたいな感《かん》じだったけど、でも、それとも少しちがった不思議《ふしぎ》な感触《かんしょく》だった。ちょっと力を入れると指《ゆび》がクジラの中に入っていって、引きぬくとすぐに元のとおりにもどってしまう。

「それは、ねん水《すい》っていうんだよ」

種明《たねあ》かしをするみたいに、もっくんが言った。

ねんすい、とぼくはオウム返《がえ》しに聞き返《かえ》す。

「『ねん土』という字の『土』を『水』にかえて、ねん水《すい》。ねばりけのある水って意味《いみ》だよ」

「じゃあ、これ水なの?」

「うん。で、これは水を削《けず》って形をつくる、ウォータークラフトってという遊《あそ》びなんだよ」

もっくんは机《つくえ》の引きだしに手をかけて、中から何かを取《と》りだした。

それは、こんにゃくの袋《ふくろ》のようにぱんぱんにふくれたビニール袋《ぶくろ》だった。

「開《あ》けてみなよ」

「もしかして、これがねん水《すい》……？」

水のつまった、ただの袋《ふくろ》にしか見えなかった。

「こんなところで開《あ》けて、水びたしにならないの？」

ぼくは、しょうゆ袋《ぶくろ》を開《あ》けたときにぴゅっと中身《なかみ》が飛《と》びでるアレを思いだして、不安《ふあん》になった。

「いいから、いいから」

うながされて覚悟《かくご》を決《き》めた。

えいやと袋《ふくろ》を開《あ》けると、不思議《ふしぎ》なことに中身《なかみ》は飛《と》びでるどころか水《すい》滴《てき》ひとつ落《お》ちなかった。

それを見て一気に袋《ふくろ》の口を広げると、中から透明《とうめい》なものが出てきた。

「これが、ねん水《すい》……」

「正確《せいかく》には、六甲《ろっこう》のねん水《すい》っていうんだけどね」

「ろっこう？」

「ねん水《すい》には、いろんな種類《しゅるい》があるんだよ。ほら、飲《の》み水《みず》だっていろんなやつがあるでしょ？　あれとおんなじ。たとえばね、ミネラルウォーター系《けい》のものに蒸留水系《じょうりゅうすいけい》のもの、海洋深層水系《かいようしんそうすいけい》のものなんていうのがあって。もっとくわしく言うと、そこからさらに、どこでとれたかによってねばりけや色味《いろみ》が変《か》わってくるから、ねん水《すい》の種類《しゅるい》は覚《おぼ》えきれないほどたくさんあるんだよ」

「へぇぇ……それでその、ろっこうっていうのは何なの？」

「神戸《こうべ》にある有名《ゆうめい》な水の産地《さんち》の名前だよ。いまの話で言うと、ミネラルウォーター系《けい》にあたる水がとれるところだね。日本だと、ほかには南アルプスとかが有名《ゆうめい》かな」

「ねん水《すい》がとれるのは日本だけじゃないの？」

「もちろんさ。有名《ゆうめい》なのはフランスで、オーヴェルニュ地方とフレンチアルプスでは最高《さいこう》のねん水《すい》がとれる」

「ははあ……」

「同じねん水《すい》でも、軟水《なんすい》と硬水《こうすい》じゃあ削《けず》るときの硬《かた》さもできあがりの風合《ふうあ》いもちがってくるから、種類《しゅるい》にこだわりだすとキリがないんだよ」

ぼくは聞いたことの半分も理解《りかい》できなかったけど、もっくんの知識《ちしき》がすごいのはよくわかった。

「さすが、もっくん……くわしいんだねぇ」

「さっき読んだ雑誌《ざっし》に書いてあっただけだよ」

そう言って、笑《わら》い声《ごえ》をあげた。

見栄《みえ》をはらないところが、またもっくんの素敵《すてき》なところだ。

「それでね、ねん水《すい》にはほかの素材《そざい》にはないおもしろい性質《せいしつ》があるんだ。ひとつがこれさ。大きいものをつくりたいときは、こうして二つをかんたんにくっつけることができる」

もっくんは、ねん水《すい》の袋《ふくろ》をもうひとつ取《と》りだすと、なれた手つきでびっと開《あ》けた。そして、ぼくの持《も》つねん水《すい》の上にそっと近づけた。

あともう少しでくっつくぞと思った瞬間《しゅんかん》だった。二つは吸《す》いつくようにに引っついて、たちまちブロック状《じょう》のカタマリになった。もう、どこから見たって境目《さかいめ》なんてわからなかった。

「こんな感《かん》じで接着《せっちゃく》がとってもかんたんなのはいいんだけど、気をつけてないと勝手《かって》に引っついちゃうから要注意《ようちゅうい》だね。まあ、床《ゆか》に散《ち》らかった水《みず》クズも、こうやって集《あつ》めてくっつければまた使《つか》えるのはいいところなんだけど」

なるほど、踏《ふ》んだものは水《みず》クズと呼《よ》ぶのかと思った。

ぼくは話を聞くうちに自分でもやってみたい思いにかられてうずうずしたけど、ひとつ気になったことを聞いてみた。

「ちなみに、もっくんはどんなものをつくったの？　そのクジラが初《はじ》めての作品《さくひん》じゃないんでしょ？」

すると、もっくんは笑《え》みをうかべて立ちあがった。そのまま無言《むごん》で窓《まど》のところに行ったかと思うと、カーテンを一気に引いた。

ぼくはあらわれたものたちに目をうばわれた。

出窓《でまど》には、木の台座《だいざ》に置《お》かれたウォータークラフトがたくさんならんでいた。

いまにも泳《およ》ぎだしそうなほどリアルな、大小さまざまな透明《とうめい》な魚た

ち。

近づくだけで、しぶきが飛《と》んできそうな豪快《ごうかい》な滝《たき》。

その横《よこ》にある王冠《おうかん》の形に跳《は》ね返《かえ》る水のクラフトをながめていると、時間が止まったような気分になる。

そして、そのどれもが水の美《うつく》しさを存分《ぞんぶん》に秘《ひ》めていた。

窓《まど》から差《さ》しこむ日光はクラフトの表面《ひょうめん》で折《お》れ曲《ま》がり、川底《かわぞこ》に差《さ》しこむ光みたいにかがやいている。塗装《とそう》など必要《ひつよう》ない、素材《そざい》そのものの美《うつく》しさ……。

ぼくは自然《しぜん》の神秘《しんぴ》にふれたようで神聖《しんせい》な気持《きも》ちになった。

と、そばにならぶ、もうひとつのものも作品《さくひん》なんだと気がついて、思わず笑《わら》ってしまった。

ペットボトルまでねん水《すい》でつくってしまうとは……これなら水を飲《の》んでもペットボトルのゴミが出ないじゃないかと、ぼくは思った。

「さすがは、もっくんだねぇ……」

改《あらた》めて、尊敬《そんけい》の気持《きも》ちをこめて言った。

もっくんは、照《て》れくさそうに笑《わら》う。

ぼくは、またあることに気がついた。

「あれ、この魚、ちょっとだけ欠《か》けてない？」

目についた小さな魚の作品《さくひん》は、背《せ》びれのあたりが欠《か》けていた。

それをきっかけに周《まわ》りのものにもう一度目をやると、さっきは見とれて気がつかなかったけど、どれも上のほうが少しずつ欠《か》けてなくなっているようだった。もっくんにかぎってミスをしたなんてことはないはずだから、どうしてこんなふうになっているのだろうと不思議《ふしぎ》に思った。

「じつはね、蒸発《じょうはつ》しちゃうんだよ。上のほうから、ちょっとずつ」

「蒸発《じょうはつ》⁉」

おどろいていると、もっくんは笑《わら》って答えてくれた。

「そりゃそうさ。だって、ねん水《すい》は水なんだからね。時間がたつと自《し》然《ぜん》に蒸発《じょうはつ》していっちゃうんだ。蒸発防止材《じょうはつぼうしざい》でコーティングしてやるといいんだけど、ちょっとニゴリが出るから好《す》きじゃなくて。いままでにウォータークラフトはいっぱいつくってきたんだけど、ここにあるやつ以外《いがい》はぜんぶ蒸発《じょうはつ》してなくなっちゃったよ」

せっかくつくっても消《き》えてしまうのかと、ぼくはなんだか切《せつ》なくなった。でも、もっくんに悲《かな》しげな様子《ようす》は少しも見えない。ぼくがそこをたずねてみると、

「それが自然《しぜん》のルールってやつだからね」

と、きっぱり言った。

すべてを深《ふか》く理解《りかい》しているような口調《くちょう》に、ぼくはすっかり恐《おそ》れ入った。これまでたくさんのウォータークラフトをつくってきたからこそ

言えるセリフなんだろうなぁと思っていると、もっくんはふたたび口を開《ひら》いた。

「ははは、本当のところを言うとね、ねん水《すい》はなくなってしまうわけじゃないんだよ。だから別《べつ》に悲《かな》しくもなんともないんだ」

「だって、蒸発《じょうはつ》してなくなっちゃうんでしょ？」

ぼくは混乱《こんらん》して言った。

「蒸発《じょうはつ》したねん水《すい》が、いったいどこに行くか。それが問題《もんだい》なんだ」

「どこって、空気中に散《ち》らばるんじゃないの？」

「そのあとさ」

「空気とまじって消《き》えちゃう……？」

「窓《まど》を開《あ》けてればそうなるかもね。でも、窓《まど》を閉《し》めてれば、どうなると思う？」

言葉《ことば》につまったぼくを見て、もっくんはつづける。

「蒸気《じょうき》になったねん水《すい》は、部屋《へや》の中から出ていかないで、またカタマリにもどるんだよ。今度《こんど》は別《べつ》のところで、別《べつ》の形でね。ぼくも、あるとき発見《はっけん》するまではまったく気がつかなかったんだけど。じつは、もうひとつ見せたいものがあるんだ。上を見てみなよ」

指《ゆび》につられて、目をやった。

そこに広がるものを見て、ぼくは、あっと息《いき》をのんだ。

ほのかに青い透明《とうめい》な物質《ぶっしつ》が、まるで水たまりのようにうっすらと天《てん》井《じょう》に張《は》っていて、電灯《でんとう》の光をあわい青色にそめていたのだった。

そしてもうひとつ、信《しん》じられない光景《こうけい》がそこにあって、ぼくは圧倒《あっとう》されてしまった。

ぼうぜんとそれを見上げるぼくに、もっくんは説明《せつめい》してくれた。

「蒸気《じょうき》が立ちのぼるときに、ムラがあるみたいなんだ。ほら、ちょうど水《みず》クズがいっぱい落《お》ちてる上くらいのところにあれができてるでしょ？　そこだけ、蒸発《じょうはつ》する量《りょう》が多くなってるってわけさ」

天井《てんじょう》には、トゲのような形で固《かた》まったねん水《すい》が、つららみたいにいくつもぶら下がっていたのだった。

ぼくは青く透明《とうめい》な鍾乳洞《しょうにゅうどう》にいるような気持《きも》ちになって、神秘的《しんぴてき》な光景《こうけい》に胸《むね》がいっぱいになった。

「言ったでしょ？　これが自然《しぜん》のルールってやつさ。人工《じんこう》のものもいいけど、やっぱり自然《しぜん》のものは別格《べっかく》だよ」

自然《しぜん》の造形美《ぞうけいび》というものを教えてくれたのも、やっぱりもっくんだ。

空中ブランコ都市

じいちゃんもアームくんも、ここのところずっといそがしくしている。だから、学校から帰ってきても仕事《しごと》に出かけていないことがとても多い。

こうやって休日に鉄工所《てっこうじょ》にやってきたのも、今日くらいは、じいちゃんたちもいるだろうと思ってのことだった。

「ばあちゃん、じいちゃんは？」

ぼくは、事務所《じむしょ》の横《よこ》、休憩室《きゅうけいしつ》の台所《だいどころ》で割烹着姿《かっぽうぎすがた》になっている、ばあちゃんに聞いてみた。

「さあ、よくわからないけど、屋根《やね》の上にでもいるんじゃないのかねぇ」

「今日も仕事《しごと》なの？」

「そうみたいだよ。でも、危《あぶ》ないから近づかないこと！」

「はーい」

ぼくは適当《てきとう》に返事《へんじ》をして、外に出た。

溶接用《ようせつよう》のマスクをかぶったじいちゃんは、アームくんといっしょに鉄工所《てっこうじょ》の屋根《やね》にのぼって青白い火花をバチバチと散《ち》らしているところだった。

「じいちゃん、何やってんのーっ？」

大きな声で聞いてみた。バチバチバチッと火花が散《ち》る。

「じいちゃんってばーっ！」

「おお、来とったんか」

マスクをとって、じいちゃんが言った。

「すまんが、もうちょっと待《ま》ってくれ。すぐ終《お》わるから」

そう言って少しのあいだバチバチバチッとやってから、じいちゃんたちはハシゴを降《お》りてきた。

「では、私《わたし》は最後《さいご》の仕上《しあ》げにかかりますから、またあとで」

そう言って、アームくんは、そのまま作業場《さぎょうば》のほうに歩いていった。

「うむ、あとはアームのやつにまかせて、わしらはいったん事務所《じむしょ》にもどるかの」

ふたりで歩きだそうとしたときだった。入れちがいで、事務所《じむしょ》からばあちゃんが出てきた。

「ちょっと買《か》い物《もの》に行ってくるね」

そして、じいちゃんのほうに目をやってつづけた。

「なにをやってるのか知りませんけど、マサを変《へん》なことに巻《ま》きこむのだけは許《ゆる》しませんからね」

「おうおう、わかっとるわい」

「マサも、いいね？」

「はーい」

ばあちゃんは、疑《うたが》っているような目で見ながら出かけていった。

それを見送《みおく》ったあとで事務所《じむしょ》に入ると、じいちゃんが口を開《ひら》いた。

「すまんかったなぁ、かまってやれんで。ここのところいそがしくての」

「なんの仕事《しごと》なの？」

「国から、ある壮大《そうだい》な実験《じっけん》のリーダーをまかされてな」

「また国の仕事《しごと》なの⁉　すごいなぁ……」

でも、じいちゃんは首を横《よこ》に振《ふ》った。

「そんなにおどろくことじゃない。仕事《しごと》の価値《かち》は、依頼主《いらいぬし》では決《き》まらんからな」

「でも、やっぱりじいちゃんはすごいや。それで、どんな仕事《しごと》なの？」

「空中ブランコ都市《とし》計画《けいかく》と言ってての」

その言葉《ことば》を聞いただけで、ぼくはワクワクしはじめた。

「簡単《かんたん》に言うとじゃな、町のタワーからのばした枝《えだ》の先っぽに、わしらの家をみんなつるしてしまおうという計画《けいかく》じゃ。まるで空中ブランコみたいにな」

ぼくは、遊園地《ゆうえんち》の空中ブランコを思いうかべた。メロディーにのってタワーの周《まわ》りをくるくる回る家たちを想像《そうぞう》して、気持《きも》ちがはずんだ。

「おもしろそう！」

「ほぉよ」

じいちゃんも満足《まんぞく》そうにうなずいた。

だけど、次《つぎ》の瞬間《しゅんかん》、じいちゃんはまじめな表情《ひょうじょう》になって言った。

「まあ、おもしろい計画《けいかく》なのは、たしかなんだがな。おもしろいだけではないんじゃよ。この計画《けいかく》には、ある重要《じゅうよう》な目的《もくてき》があってな」

「目的《もくてき》……？」

「地震対策《じしんたいさく》じゃ」

ぼくは首をかしげた。

「なんで空中ブランコが地震《じしん》なんかと関係《かんけい》あるのさ」

「空中ブランコの特徴《とくちょう》を考えてみるといいじゃろう」

先生のような口調《くちょう》のじいちゃんに、ぼくは思いついた言葉《ことば》を口にする。

「空にうかぶ……？」

「ほぉよ。それがキモなんじゃ」

じいちゃんは言う。

「地震《じしん》が起《お》きたら、いっせいに家を持《も》ちあげて空中に避難《ひなん》させるというわけじゃ。支《ささ》えになっておるタワーのゆれさえおさえられれば、家への被害《ひがい》は最小限《さいしょうげん》でくいとめることができるじゃろ？　それに、津波《つなみ》なんかの二次災害《にじさいがい》にも対応《たいおう》できる」

はははあ、とぼくはうなった。それはとても大事《だいじ》な役割《やくわり》だ……。

「だから、国をあげての大仕事《おおしごと》となっておるんじゃ。……まあ、そうは言うてもじゃ」

じいちゃんは明るい表情《ひょうじょう》にもどってつづけた。

「せっかくつくるのに普段《ふだん》まったく使《つか》わないというのも、あまりにもったいない話じゃろ？　それで、地震《じしん》が起《お》こったとき以外《いがい》にも、この装《そう》置《ち》の使い道が考えられておる。なんだと思うかの？」

「遊園地《ゆうえんち》に行かなくったって、家を持《も》ちあげて空中散歩《くうちゅうさんぽ》ができるとか……？」

「ははは、近いところではあるがな。答えはこうじゃ。この装置《そうち》を使《つか》うことで、自由《じゆう》に引《ひ》っ越《こ》しできるようになるんじゃよ」

「引《ひ》っ越《こ》し!?」

「いまの家というもんは、一度《いちど》建《た》てたらそれっきり。その場所《ばしょ》から動《うご》くことなぞできやせん。

たとえばじゃ。会社から遠《とお》いところに家を建《た》てた場合には、当然《とうぜん》、通勤時間《つうきんじかん》がとてもかかる。逆《ぎゃく》の場合はどうじゃろう。町の真《ま》ん中《なか》に家を建《た》てると会社は近くなるかもしれん。が、自然《しぜん》にふれるには時間をかけて遠くまで出かけていかねばならん。土地にしばられ、じつに不《ふ》便《べん》なことじゃ。

ほかにも、転勤《てんきん》することになったなら、家はそのまま空《あ》き家《や》になってしまってもったいない。そういう問題《もんだい》をぜんぶ解決《かいけつ》してしまえるのが、この装置《そうち》なんじゃよ」

「もしかして、家ごと引《ひ》っ越《こ》しするってこと⁉」

「ほぉよ。これを使《つか》えば家はいつでも自在《じざい》に空を飛《と》べる。となると、平日は学校や会社の近くに住《す》んでおって、週末《しゅうまつ》になると波《なみ》の音が聞こえる海辺《うみべ》やら、森に囲《かこ》まれた山奥《やまおく》なんかに気分しだいで自由《じゆう》に引《ひ》っ越《こ》すなんてことも可能《かのう》になるわけじゃ」

「……でも、みんながみんな、同じ場所に引《ひ》っ越《こ》ししたいときはどうするのさ」

「ええ質問《しつもん》じゃ。そのあたりの管理《かんり》は、ある程度《ていど》は必要《ひつよう》じゃなぁ。平日は町の中心に、休みの日は郊外《こうがい》に引《ひ》っ越《こ》したいというもんが多くなるということはじゅうぶんありうる。

　しかし、だ。だいたい人間というのは自然《しぜん》の中でゆったり過《す》ごすことを望《のぞ》むもんもおれば、町なかで刺激《しげき》あふれる生活を送《おく》りたいというもんもおるものじゃ。つまり、バランスは放《ほう》っておいてもそれなりにうまくとれるじゃろうというのが、わしの見方《みかた》だ」

　なるほどなぁと、ぼくは思った。

「それでじゃ」

　じいちゃんは目をかがやかせる。

「その最初《さいしょ》の実験《じっけん》が、まさにいまからはじまるんじゃよ」

「いまから!?」

突然《とつぜん》の話に、おどろいた。

「そろそろ、アームのやつが最後《さいご》の作業《さぎょう》を終《お》えるところじゃ。ちなみにな、外を見てみるとええ」

じいちゃんは事務所《じむしょ》の窓《まど》を指《ゆび》さした。ぼくはそこから外をのぞく。

「空じゃよ」

「空って……何にもないけど」

「よく見ることじゃ。傘《かさ》の骨《ほね》みたいに広がった棒《ぼう》が、何本も空を走っておるのが見えんかのぉ。空と同じ色をしておるから、わかりにくいかもしれんがな」

言われてよく目をこらすと、鉄骨《てっこつ》のようなものが、うっすら見えるような気がした。

「あれがさっき言うておった、家をつるすための空中ブランコの枝《えだ》にあたる部分《ぶぶん》じゃよ。あの枝《えだ》からたれておるワイヤーの一本が、この鉄《てっ》工所《こうじょ》とつながっておってな。ボタンひとつで空へと引きあげてくれるんじゃ。もちろん、鉄工所《てっこうじょ》はいつでも地面《じめん》と切りはなせるよう、事前《じぜん》に改造《かいぞう》しておるぞ」

「だけど、どうして枝《えだ》はこんなに見えにくいの？」

「空に余計《よけい》なものがあると気になるじゃろ？　だから、目立たないよう先端技術《せんたんぎじゅつ》を使《つか》って消《け》しておる。まあ、要《よう》はカメレオンみたいに空の色にとけこませておると思えばええ」

「へぇえ……」

どうりで空を見ても気がつかなかったはずだと、ぼくはひとりで納得《なっとく》した。

そのとき、アームくんがやってきた。

「所長《しょちょう》、準備《じゅんび》が整《ととの》いました」

「ほぉか。よし、じゃあ、そっちに行こう」

じいちゃんとアームくんのあとにつづいて、作業場《さぎょうば》に入る。

そこには、大きなボタンが設置《せっち》してあった。

いきなり、じいちゃんが言った。

「さあ、心の準備《じゅんび》はええか？　ちゃんとどこかに、つかまっておくことじゃ」

「ちょっと、なにがはじまるのさ！」

そうさけんだ瞬間《しゅんかん》だった。

じいちゃんがボタンをおして、窓《まど》の外がぐらりとゆらいだ。

転《ころ》げそうになるのをなんとかこらえて、ぎゅっとそばの機械《きかい》をにぎりしめる。床《ゆか》がぐんぐん上昇《じょうしょう》していくのが身体《からだ》でわかった。

ぼくはガラス戸の外の様子《ようす》に、くぎづけになった。

あっという間に景色《けしき》はどんどん変《か》わっていって、キラキラ光る海面《かいめん》が遠くのほうまで見渡《みわた》せた。うしろを見ると、町のタワーが目に入る。

なれてくると、まるで高層《こうそう》ビルのエレベーターに乗《の》っているような気分になった。

やがてスピードが弱まって、鉄工所《てっこうじょ》は町のタワーと同じ高さで止まった。おそるおそる歩いてみる。特《とく》にゆれることもなく、安心したぼくは自由《じゆう》に動《うご》き回って空からの景色《けしき》を楽しんだ。

ふと、外に同じく空中にうかんでいる家を見つけた。見覚《みおぼ》えがあるなと思っていたら、親戚《しんせき》のおじさんの家だと気がついた。

「おーい！」

手を振ると、向《む》こうも気づいて窓《まど》から大きく手をふった。

じいちゃんが説明《せつめい》してくれた。

「まだ実験段階《じっけんだんかい》で一般人《いっぱんじん》は巻《ま》きこめんから、今回は、あやつに協力《きょうりょく》してもらうことにしたんじゃよ」

「じゃあ、いまからおじさんの家と場所を入れかえるんだね？」

ぼくは算数の答えがわかったときみたいに得意《とくい》になった。

「いや、じつは今日の実験《じっけん》の目的《もくてき》は、それじゃなくてのぉ」

じいちゃんがそう言ったときだった。

ガタン、と何かがはずれるようなゆれがかすかに感《かん》じられて、空中で止まっていた鉄工所《てっこうじょ》がまた上昇《じょうしょう》をはじめた。

「じいちゃん！　なんかおかしいよ！」

ぼくはとっさにさけんでいた。

するとじいちゃんは、落《お》ち着《つ》いた様子《ようす》で言った。

「だいじょうぶ。これから実験《じっけん》の第《だい》二段階《だんかい》に移《うつ》るんじゃ」

家はどんどん、上へ上へと昇《のぼ》っていく。

「壮大《そうだい》な実験《じっけん》じゃと、最初《さいしょ》に言うたじゃろ？」

じいちゃんはニヤリとする。

「この鉄工所《てっこうじょ》は、ワイヤーを通して町の中心にあるタワーとつながっとると言うたな」

「うん……」

「そのタワーを地面《じめん》から切りはなすのが、第二段階《だいだんかい》なんじゃよ」

「ええっ！　そんなことしたらタワーがたおれちゃうじゃんか！」

ぼくはあわててそう言った。

アームくんが落《お》ち着《つ》いて答える。

「それがたおれないんですよ。見ていてください」

「……まだまだ昇《のぼ》ってくよ？」

「ちょうどいま、私《わたし》たちの町のタワーが、もっと大きな別《べつ》のタワーに持《も》ちあげられているところなんですよ」

ぼくは想像《そうぞう》が追《お》いつかず、少し考えてから口を開《ひら》いた。

「……じゃあ、ぼくらは町のタワーごと、どこかに移動《いどう》してるってこと？」

「そのとおりです」

つまりはだな、とじいちゃんがつづけた。

「この装置《そうち》をほかの町にもつくることで、わしらの家の移動《いどう》できる範囲《はんい》は一気に広がることになる。なにしろタワーの引《ひ》っ越《こ》しで、町を越《こ》えて引《ひ》っ越《こ》しができるようになるんじゃからなぁ。いまはまだまだ構想《こうそう》にすぎんがな、将来的《しょうらいてき》にはグアムにだってひとっ飛《と》びじゃ」

ぼくは、大きな空中ブランコにつるされて回る、小さな空中ブランコのイメージを思いうかべた。じいちゃんは考えることが半端《はんぱ》じゃないなぁと言葉をなくした。

と、そこでぼくは、はっと現実《げんじつ》にもどってたずねた。

「ところで、いま鉄工所《てっこうじょ》はどこに向《む》かってるの？」

じいちゃんの説明《せつめい》だと、町のタワーごとどこかに向《む》かっているという。それはいったいどこなのか……。

「まだグアムとまでは行かんがな。なかなか、ええところじゃぞ。どこだと思うかの？」

「九州《きゅうしゅう》とか？」

「いいや。アーム、教えてやれぃ」

「沖縄《おきなわ》です」

「沖縄《おきなわ》!?」

ぼくは飛《と》びあがって喜《よろこ》んだ。

ただ、同時に不安《ふあん》も頭をよぎった。

「でも、ばあちゃんたちに何も言ってないよ？　明日も普通《ふつう》に学校だよ？　どれくらい行くつもりなの？」

じいちゃんは平気な顔で言った。

「一か月くらいかのぉ」

「そんなに!?　学校はどうするのさ！」

「まあ、なんとかなるわい」

ひとごとみたいに豪快《ごうかい》に笑《わら》い飛《と》ばした。

「やだよ！　だってそんなに休んだら大変《たいへん》なことになるよ！　ばあちゃんにもおこられるよ！」

「そう言うても、実験期間《じっけんきかん》は決《き》まっとるからなぁ。まあ、乗《の》りかかった船《ふね》、いや、もう乗《の》った船《ふね》なんじゃから、しかたないと思って存分《ぞんぶん》に楽しむことじゃ」


はじめは飛行機《ひこうき》で帰ってやると抵抗《ていこう》していたけど、到着《とうちゃく》してすぐ、ぼくは沖縄《おきなわ》の魅力《みりょく》にすっかりとりつかれてしまった。だから、ばあちゃんからしつこく電話がかかってきても途中《とちゅう》から出なくなった。

こうしてぼくは、じいちゃんとアームくん、それから親戚《しんせき》のおじさんといっしょに一か月の沖縄《おきなわ》生活を楽しんで、小麦色に焼《や》けた肌《はだ》を手に入れた。
ばあちゃんの一か月分のカミナリと引きかえに……。

バラの肉

鉄工所《てっこうじょ》につくと、ばあちゃんがどこにも見当たらなかった。

「ねぇ、じいちゃん。ばあちゃんは？」

「庭《にわ》じゃないかのぉ」

じいちゃんは仕事《しごと》をしながら口にした。

また庭《にわ》かぁ、と、ぼくは思う。

ばあちゃんはガーデニングが趣味《しゅみ》で、鉄工所《てっこうじょ》の横《よこ》の敷地《しきち》でたくさんの植物《しょくぶつ》を育《そだ》てている。なかには変《か》わった植物《しょくぶつ》もあるらしく、ときどき学者《がくしゃ》の人が見学に来ているのを見かける。そんなとき、ばあちゃんは照《て》れくさそうに、でも、うれしそうに説明《せつめい》をしてあげている。

「ばあちゃーん！」

木々《きぎ》に囲《かこ》まれた庭《にわ》に入ると、ぼくはさけんだ。

と、奥《おく》のほうから返事《へんじ》がしたので、植物《しょくぶつ》たちの合間《あいま》をぬってそっちに向《む》かった。右に左にうろうろするうちに、ようやくばあちゃんの姿《すがた》を見つけだした。

「いたいた。ほんといつ来ても迷路《めいろ》みたいだね、この庭《にわ》……」

つぶやきながら近づくと、ぼくの目に真《ま》っ赤《か》な光景《こうけい》が飛《と》びこんできた。それは遠目では何度《なんど》か見たことのあるものだったけど、ちゃんと見るのは初《はじ》めてだった。

「きれいなバラの花だねぇ……」

咲《さ》き誇《ほこ》るあざやかな赤い花たちを見回しながら、ぼくは言った。だけどそうつぶやきながらも、なんだかニヤニヤしてしまった。美《うつく》しいバラの花と、普段《ふだん》のばあちゃんとでは、ずいぶんギャップがあるなぁと思わず笑《わら》ってしまったのだった。

すると、ばあちゃんは腰《こし》をたたきながら立ちあがった。

「ははあ、どうやら、マサはかんちがいをしてるようだねぇ」

やれやれといった顔のばあちゃんに、ぼくは首をかしげて聞いてみた。

「かんちがい？」

「マサは、これを花だと思ってるんじゃないのかい？」

「え、ちがうの……？」

言われてぼくは、赤い景色《けしき》に目を移《うつ》した。たくさん咲《さ》いているものたちは、どう見たってバラの花にしか見えなかった。

すっかり混乱《こんらん》して、ぼくはたずねた。

「花じゃないなら、なんなのさ！」

「ふふ、これはね、肉なんだよ」

「肉⁉」

耳を疑《うたが》うぼくに、ばあちゃんは楽しそうに言う。

「そう、バラの花のように咲《さ》く肉なんだ。特《とく》に私《わたし》が育《そだ》てているのは豚《ぶた》の『バラ肉』でねぇ。ほれ、近くによって、よく見てみるといい」

信《しん》じられない思いのまま、ぼくは顔を近づけた。すると、さっきはわからなかったけど、赤一色だと思っていた花びらには白い筋《すじ》が何本も入っていた。

頭の中に、スーパーでの光景《こうけい》がうかんでくる。ばあちゃんがバラ肉といったものは、スーパーにならぶ普通《ふつう》の肉の「バラ肉」とよく似《に》ていた。

ぼくはひとつに鼻《はな》をよせて、香《かお》りをかいだ。品《ひん》のあるバラの香《かお》りがただよってきて、目の前のものが肉なのかバラなのか、よくわからなくなってきた。

「まあ、どっちのいいところも取《と》り入れたものだと思えばまちがいないね」

ばあちゃんは笑《わら》いながら説明《せつめい》する。

「この肉は、動物《どうぶつ》と植物《しょくぶつ》をかけ合わせて生みだされたものなんだよ。

もともとは、肉を食べること——肉がもたらす食糧問題《しょくりょうもんだい》への対応策《たいおうさく》として研究《けんきゅう》されはじめたものでねぇ。

というのが、肉食というのは本来《ほんらい》、効率《こうりつ》がいいものではないんだよ。たとえば豚《ぶた》を育《そだ》てるには豚《ぶた》のための食料《しょくりょう》が必要《ひつよう》だろう？　だから豚肉《ぶたにく》を食べるとき、私《わたし》らはその豚《ぶた》が食べてきた食料《しょくりょう》——大量《たいりょう》の植物《しょくぶつ》もいっしょに食べていることと同じになるんだ。

つまりは、豚肉《ぶたにく》を食べる人が増《ふ》えると、それ以上《いじょう》に植物《しょくぶつ》がなくなってしまうというわけで、それなら最初《さいしょ》から肉を食べずに植物《しょくぶつ》を食べたほうが、よほど効率《こうりつ》がいいということだね。

もちろん、だからといって肉食が悪《わる》いわけではないんだけれど、人口《じんこう》が増《ふ》えると、いずれはゆがみが生まれて食糧問題《しょくりょうもんだい》に直面《ちょくめん》するのは明らかだからね。それへの対応策《たいおうさく》として、この新しい植物《しょくぶつ》の開発話《かいはつばなし》が持《も》ちあがったんだ。そうしてできたのが、バラの花と肉をかけ合わせた、このバラ肉というわけだよ」

「へぇぇ……」

ぼくは感心《かんしん》して話に聴《き》き入るばかりだった。

「一言《ひとこと》で肉と言っても、肉にはたくさんの部位《ぶい》があるだろう？　だから研究《けんきゅう》の最初《さいしょ》のほうの段階《だんかい》では、いろんな部位《ぶい》の肉を咲《さ》かせることを試《ため》してみたらしいけれど、技術面《ぎじゅつめん》でも費用面《ひようめん》でも、最終的《さいしゅうてき》に『バラ』の部位《ぶい》を咲《さ》かせる研究《けんきゅう》が主流《しゅりゅう》になったんだ。もっとも、金持《かねも》ちのなかにはお金のことを度外視《どがいし》して霜降《しもふ》り肉を咲《さ》かせることに夢中《むちゅう》になっている人もいるみたいだけどねぇ」

その花園《はなぞの》を思いうかべて、ごくんとツバをのみこんだ。

ところで、と、ぼくは言った。

「ねぇ、ばあちゃん。豚《ぶた》のバラ肉があるんだったら、牛とかのやつもあるってこと？」

「そのとおり。牛のほかにも、鶏《にわとり》や羊《ひつじ》やいろんな種類《しゅるい》のものがある」

「ははあ……」

「ちなみにね、バラ肉が開発《かいはつ》されてから、想定外《そうていがい》のこともいくつか起《お》こったんだけれど、そのひとつが栽培農家《さいばいのうか》の急増《きゅうぞう》でねぇ。

バラ肉は水をやるだけで咲《さ》いてくれるし収穫《しゅうかく》もラクだから、栽培《さいばい》に乗《の》りだす農家《のうか》が続出《ぞくしゅつ》したんだよ。彼《かれ》らはビニールハウスで年中、肉を育《そだ》てて出荷《しゅっか》していて、いまでは家畜業者《かちくぎょうしゃ》よりも多いと聞くね」

「収穫《しゅうかく》って、どうやるの？」

「肉が花びらみたいになってるだろう？　これを一枚《まい》一枚《まい》、摘《つ》みとってあげればいいだけだよ。トゲには注意《ちゅうい》が必要《ひつよう》だけれど、動物《どうぶつ》の肉とちがって解体作業《かいたいさぎょう》が必要《ひつよう》ないから、だれでもかんたんにできるんだ。おまけに香《かお》りはバラそのものだから、収穫作業《しゅうかくさぎょう》は女性《じょせい》に人気のアルバイトになっている」

ぼくはビニールハウスに充満《じゅうまん》するバラの香《かお》りを想像《そうぞう》した。アルバイトの人たちは、形が悪《わる》くて捨《す》てるしかないバラ肉をもらって帰れたりするのかなぁ。そんなことを考えて、なんだかうらやましくもなった。

それから、と、ばあちゃんは言葉《ことば》をつづけた。

「バラ肉をめぐって科学技術《かがくぎじゅつ》が競《きそ》われるようになったのも、想定外《そうていがい》だったことのひとつだねぇ」

「何を競《きそ》うの？」

「ここに咲《さ》いているのは赤と白の普通《ふつう》のバラ肉だけれど、この肉の色を変《か》えるという研究《けんきゅう》がさかんにおこなわれるようになったんだよ。同じ味《あじ》でも、ピンクのものや黄色のもの、それに真《ま》っ白《しろ》のものなんかが生みだされてねぇ。いろんな見た目を楽しめるようになったのさ。近ごろじゃあ、青いバラ肉の研究《けんきゅう》が一番の話題《わだい》みたいだね」

「青い肉って……あんまりおいしくなさそうだねぇ……」

ぼくは食欲《しょくよく》が急速《きゅうそく》に失《う》せていくのを感《かん》じた。

「ははは、その意見《いけん》には賛成《さんせい》だけど、まあ、世の中には、じいちゃんみたいに好奇心《こうきしん》いっぱいの人たちが、たくさんいるということだね。そうそう、想定外《そうていがい》だったことは、まだあるよ」

ばあちゃんは、急《きゅう》にまじめな顔になった。

「バラ肉の登場《とうじょう》で、肉を食べる人が増《ふ》えたんだ」

意味《いみ》がわからず、どういうことかと、ぼくはたずねた。

「それまでは、宗教上《しゅうきょうじょう》の理由《りゆう》があったり、動物《どうぶつ》を殺《ころ》すことに抵抗《ていこう》があったりする人は肉を食べていなかったんだけど、このバラ肉の登場《とうじょう》以来《いらい》、それが大きく変《か》わったんだ。

最初《さいしょ》のほうこそ議論《ぎろん》になったようだけどね、このバラ肉は動物《どうぶつ》の肉じゃないということで宗教的《しゅうきょうてき》にも食べていいことが認《みと》められたし、もちろん動物《どうぶつ》の命《いのち》をうばうわけでもないから、それをきらう人もこの肉類《じんるい》を食べるようになっていったんだ。そういう意味《いみ》で、バラ肉は、人類《じんるい》の価値観《かちかん》を変《か》えてしまったものとも言えるねぇ」

ぼくは思わず口をつぐんだ。まさか目の前にあるものが、そんなにすごいものだったなんて……。

そのときぼくは、あっと声をあげた。

「ねぇ、ばあちゃん！　もしかして、ばあちゃんがときどき活《い》けてる、あのバラって！」

瞬間的《しゅんかんてき》に、台所《だいどころ》の一輪《いちりん》ざしが頭にうかんだのだった。

「そう、あれもこのバラ肉さ。台所《だいどころ》に置《お》いておくと見栄《みば》えもいいし、必要《ひつよう》なときに必要《ひつよう》な分だけさっと摘《つ》んで、すぐに料理《りょうり》に使《つか》えるからね。水をかえれば、冷蔵庫《れいぞうこ》に入れなくても一週間は新鮮《しんせん》なままの肉を保《たも》てる」

「すごいなぁ……」

おどろきを通りこして、もはや感動《かんどう》の気持《きも》ちしかわいてこなかった。

「ってことは、まさか、あれもそうなの……？」

思い当たることがあって、ぼくは聞く。

「卒業式《そつぎょうしき》が近づくとお祝《いわ》いにって学校に持《も》っていってる、あのバラの花束《はなたば》も？」

「ほぉ、よく思いだしたことだねぇ」

感心《かんしん》した表情《ひょうじょう》で、ばあちゃんは言う。

「マサの言うとおり、あれもこの肉だよ。バラ肉の花束《はなたば》は子供《こども》たちに大人気でね。式《しき》のあいだはかざっておけるし、終《お》わったあとにも大活《だいかつ》躍《やく》だ。六年生たちは式《しき》のあと、みんなでバーベキューをやるのが恒例《こうれい》だろう？　子供《こども》たちは、私《わたし》の育《そだ》てたバラ肉を焼《や》いてるんだよ」

「そうだったんだぁ……」

ぼくは、なんだか誇《ほこ》らしい気持《きも》ちになった。

少しして、ある疑問《ぎもん》がわいてきて、ぼくはたずねた。

「ところでさ、ばあちゃんはもともと、どうしてバラ肉を栽培《さいばい》しようと思ったの？」

ガーデニング好《ず》きのばあちゃんのことだから、何となくはじめたただけかなとも思った。でも、バラの花はやっぱり、ばあちゃんのイメージには合わなかったのだった。

するとばあちゃんは、なぜか照《て》れくさそうな顔になった。

しばらく迷《まよ》うような様子《ようす》を見せたあとで、ようやく言った。

「じつはね、じいちゃんからもらったことがきっかけでねぇ」

「じいちゃんに？　なんでまた……」

「プロポーズだよ」

ばあちゃんは、ぶっきら棒《ぼう》な口調《くちょう》で言う。

「ああ見えて、じいちゃんには格好《かっこう》をつけたがるところがあるからねぇ。ずいぶん昔《むかし》のことだけど、バラ肉の花束《はなたば》を渡《わた》されてプロポーズされたというわけだよ」

「へぇぇ！」

ぼくは花束《はなたば》を持《も》ったじいちゃんの姿《すがた》を思いうかべた。そのじいちゃんは普段《ふだん》のツナギ姿《すがた》じゃなくて、オシャレなスーツでキメている。じいちゃんは片《かた》ヒザをついて、ばあちゃんのほうへとバラの花束《はなたば》をすっと差《さ》しだす。とまどいながら受《う》け取《と》ったばあちゃんのほおは、赤く染《そ》まっている……。

ひとりで想像《そうぞう》して、ぼくはまたもやニヤニヤした。

「やれやれ、なにを考えているんだか」

ばあちゃんはあきれた顔で、こちらを見た。

「まあ、話が出たついでに言うとね、じつはバラ肉にはもうひとつ、おもしろい特徴《とくちょう》があってねぇ」

「なになに？」

ぼくは好奇心《こうきしん》にかられて、せまった。

「情熱《じょうねつ》にあふれる人が手に持《も》つと、そのうち熱《ねつ》で肉が焼《や》けてくるんだよ」

「ええっ⁉」

「だからバラ肉は、いまでもプロポーズによく使《つか》われてるらしくてね。相手《あいて》に情熱《じょうねつ》を伝《つた》えるのに、こんなにわかりやすい方法《ほうほう》はないからねぇ。プロポーズが成功《せいこう》したあかつきには、ふたりでいっしょに焼《や》けた肉をいただいて、幸《しあわ》せをかみしめるのが習《なら》わしなんだよ」

「それじゃあ、じいちゃんからの花束《はなたば》も……？」

「よく焼《や》けて、肉汁《にくじゅう》がしたたっていたものだよ。でも、途中《とちゅう》からが大《たい》変《へん》だった。あまりの熱《ねつ》に肉がだんだんこげてきて、けむたくってしかたがなくてね。ロマンも何もなかったねぇ」

そう言って、楽しそうに笑《わら》った。

そんなばあちゃんの顔を見て、ぼくはなんだか心が温《あたた》かくなった。

「まあ、私《わたし》らのことは置《お》いといて」

ほほえみながら、ばあちゃんはつづける。

「マサもいつか大事《だいじ》なときがやってきたら、バラ肉の花束《はなたば》を勝負球《しょうぶだま》に使《つか》うといい。そのときは、ここにあるものを好《す》きなだけ持《も》っていっていいからね。ただし、持《も》っていくなら覚悟《かくご》も必要《ひつよう》だから気をつけることだよ」

「覚悟って？」

「中途半端《ちゅうとはんぱ》な情熱《じょうねつ》じゃあ、目も当てられない事態《じたい》になるからねぇ」

「どういうことさ」

ばあちゃんは、肩《かた》をすぼめながら言った。

「熱《ねつ》が通り切らないで、肉がナマ焼《や》けになるんだよ。それに気づかないで食べてしまうと、ふたりそろってお腹《なか》をこわす」

橋の下

窓《まど》の外には見事《みごと》なオーシャンビューが広がっていた。

うわぁぁ、と、ぼくは感動《かんどう》のため息《いき》をもらす。

空は青く、雲は白く、海は太陽《たいよう》の光を受《う》けてキラキラと照《て》りかがやいている。そして、瀬戸内《せとうち》に広がる緑《みどり》の小さな島々《しまじま》……。

ぼうぜんと景色《けしき》をながめていると、遠くのほうを大きな船がゆったり通りすぎていった。

「そんなにおどろいてくれたなら、来てもらったかいがあったよ」

いとこのサトシは、うれしそうに言った。

「ほぉよ。わしもつくったかいがあったというもんじゃ」

じいちゃんも、同じようにそう言った。

ぼくは、じいちゃんの手がけたマンションの一室——サトシの新居《しんきょ》に遊《あそ》びに来ていた。

じいちゃんがつくったからには、ほかのマンションといっしょのものになるわけがない。そのマンションは普通《ふつう》じゃちょっと考えられない場所《ばしょ》に建《た》てられていたのだった。

それはなんと、橋《はし》の下だ。

初《はじ》めてじいちゃんたちから聞いたときは、とにかくびっくりしてしまった。

「いま、なんて言ったの⁉」

「橋《はし》の下、じゃ」

「じいちゃん、どうかしちゃったの？　いまはサトシの家の話をしてるんだよ？」

「なにを言っとるか、わしはまだまだ頭脳明晰《ずのうめいせき》じゃわい。信《しん》じられないならば、理解《りかい》するまで何度《なんど》だって言うてやろう。サトシが住《す》んどるマンションは橋《はし》の下につくったんじゃよ。このわしがな」

じいちゃんといっしょにサトシの家をたずねることが決《き》まった日。

ぼくが場所《ばしょ》をたずねると、そんな話を聞かされたのだった。

「本当に……？」

何度《なんど》聞いてもそのマンションが想像《そうぞう》できず、まだじいちゃんのことを疑《うたが》っていた。

すると、アームくんが答えた。

「それが本当なんですよ」

「アームくんまで⁉」

「ええ、信《しん》じられないかもしれませんが」

アームくんが言うからには、そうなのだろうかと思いはじめる。

「それなら、どこにあるのさ」

「シラナミ大橋《おおはし》です」

その言葉《ことば》に、ぼくはまたまた、おどろいた。

シラナミ大橋《おおはし》は瀬戸内《せとうち》にかかる大きな橋《はし》だ。何本ものワイヤーに支《ささ》えられた真《ま》っ白《しろ》な橋《はし》の存在感《そんざいかん》は圧倒的《あっとうてき》で、それでいて景色《けしき》をこわすことなく自然《しぜん》の中にうまくとけこんでいる。

ぼくも前にお父さんといっしょにサイクリングに行ったことがあって、おだやかに広がる美《うつく》しい瀬戸内海《せとないかい》にうっとりしながら、橋《はし》の上からいつまでも景色《けしき》をながめていたのを覚《おぼ》えている。

「前にシラナミ大橋《おおはし》に行ったときは、マンションなんてなかったけど……」

「ちょうどそのあとに建設《けんせつ》がはじまったからのぉ」

そもそもはじゃ、と、じいちゃんはつづけた。

「どうしてそんなことになったのかと言うとじゃな。橋《はし》の下、つまり橋《はし》と海とのあいだには何にもない、使われておらん大きな空間《くうかん》があるじゃろう？　あの空間《くうかん》をなんとか有効利用《ゆうこうりよう》できんもんかと考えたのがことのはじまりだったんじゃ。

そしてそのヒントは、電車が通る線路《せんろ》の高架下《こうかした》に転《ころ》がっておった。あるときわしは、高架下《こうかした》の空《あ》きスペースで商売《しょうばい》をやっておるもんのことをテレビで知ってな」

そういえば、と、ぼくはニュースのことを思いだした。都会《とかい》のほうでは、高架下《こうかした》の空《あ》いたスペースにいろんな店がつくられていると聞いたことがあった。

「それでじゃよ。わしはシラナミ大橋《おおはし》の下にも細長い町をつくってやろうと考えついたというわけじゃ。もっとも、船が通るじゃまになってはいかんから航路《こうろ》は確保《かくほ》せんといかんかったし、景色《けしき》をそこねるようじゃ意味《いみ》がないから、それも気にせんといかんかった。その点をうまくもりこんで案《あん》をひねりだすのに苦労《くろう》してのぉ。が同時に、楽しい作業《さぎょう》でもあった」

じいちゃんは相変《あいか》わらずスケールが大きいなぁとぼくは感心《かんしん》してし

まった。

「わしは考えたことを、すぐさま書類《しょるい》にして役所《やくしょ》に提案《ていあん》した。これまでの実績《じっせき》のこともあったようじゃし、何よりわしのはじきだした利益《りえき》が役人《やくにん》たちに響《ひび》いたようでの。ほどなくして実現《じつげん》に向《む》けて動《うご》きだすことになったんじゃ。サトシの住《す》むマンションは、その計画《けいかく》の第《だい》一段階《だんかい》としてアームが建《た》てたものなんじゃ。

それから、その建設現場《けんせつげんば》もおもしろくてなぁ。建物《たてもの》は、普通《ふつう》は下から順《じゅん》に積《つ》みあがるようにして建《た》っていくもんじゃろ？　しかしこっちは橋《はし》の上から、下へ下へとのびていく。橋《はし》からつりさがったマンションなんてわしも初《はじ》めてじゃったから、現場《げんば》に足を運《はこ》ぶたびにワクワクしたわい」

「私《わたし》も、あんな工事《こうじ》は初《はじ》めてでした」

アームくんも楽しそうに言った。

ぼくは、じいちゃんたちの気持《きも》ちがわかるような気がした。

「橋《はし》の下ってのは、そういうことだったのかぁ」

「ほぉよ。シラナミ大橋《おおはし》の下だから、当然《とうぜん》、ながめも最高《さいこう》じゃ。行くのを楽しみにしとるとええ」


――じいちゃんたちから、そう話は聞いていた。

でも、実際《じっさい》のながめを目にすると、それは想像《そうぞう》をはるかにこえた、すばらしいものだった。ぼくはマンションのベランダから時間も忘《わす》れて瀬戸内海《せとないかい》をながめつづけた。

「いいなぁ……ぼくもこういうところに住《す》んでみたいよ……」

「まあ、サトシのところは引《ひ》っ越《こ》しのタイミングと、ちょうど重《かさ》なっておったからのぉ」

「じいちゃんも、ここに住《す》めばいいのに……」

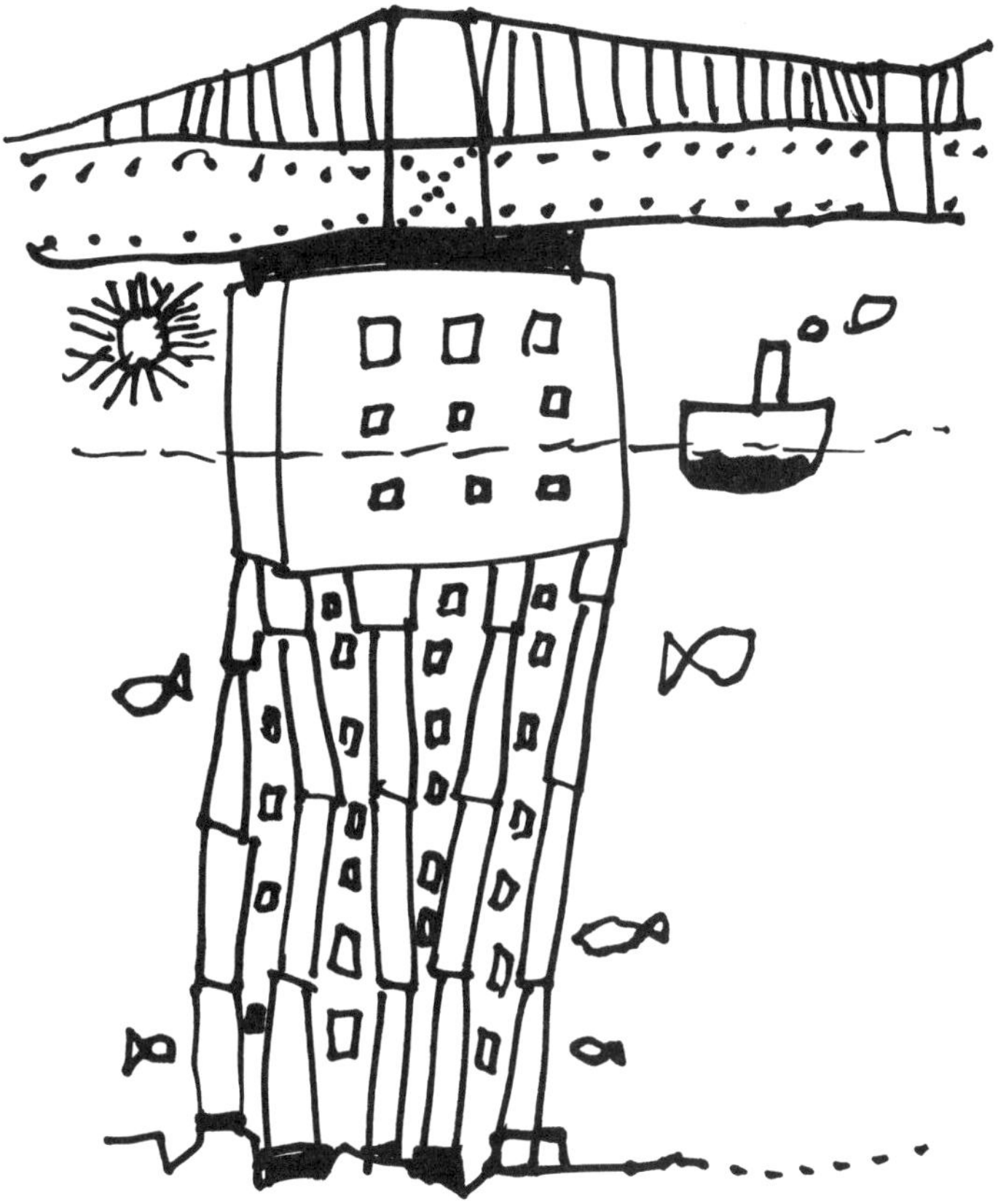

口にしてから、何気《なにげ》なくこぼしたその言葉《ことば》がじつは名案《めいあん》なんじゃないかと思えてきて、ぼくは自分で自分の言葉《ことば》に賛同《さんどう》した。

「そうだ、そうしなよ！　それならぼくも学校帰りに毎日ここによれるじゃん！」

「ははは、学校帰りによるにしちゃあ、ちと遠いわな。それに、わしには鉄工所《てっこうじょ》があるからな」

がっかりするぼくに、サトシは声をかけてくれた。

「気に入ってくれたのなら、いつでも遊《あそ》びに来なよ。ほかのフロアには、マサと同じ学年の子もいるし」

ほかのフロアという言葉《ことば》が引っかかり、ぼくはつぶやいた。

「そういえば、ここがマンションの最上階《さいじょうかい》ってことは、このフロアからの景色《けしき》が一番いいってことなのかぁ……」

下の階《かい》ほど、海にどんどん近くなる。ということは、遠くの景色《けしき》は下に行くほど見えにくくなるということだ。同じマンションでも、大きなちがいがあるんじゃないかと、ぼくは考えた。

「まあ、一応《いちおう》、遠くまで一番よく見渡《みわた》せるのはこのフロアだねぇ」

「サトシの家はお金持《かねも》ちだなぁ……」

「なに、親戚特権《しんせきとっけん》じゃよ」

じいちゃんが横《よこ》から口をはさんだ。

「どういうこと？」

「わしのコネで、な」

その先は言わんでもわかるじゃろうと、じいちゃんはぎこちなく片《かた》目《め》をつぶった。サトシがほほえんでいるのを見て、ようやくぼくにも事情《じじょう》がのみこめた。

と、そのとき、サトシが言った。

「一番遠くまで見えるのはたしかにこのフロアだって言ったけどね、

でもじつは、一番景色《けしき》がいいのがこのフロアだとはかぎらないんだ。少なくとも、ぼくが一番好《す》きな場所《ばしょ》は、ほかにあってね」

「サトシの場合はそうじゃったなぁ。たしかに、それもまちがってはおらん」

ふたりは顔を見合わせてニヤニヤしはじめた。ぼくは意味《いみ》がわからず、もどかしい思いだった。

「なんのことか教えてよ。ふたりで笑《わら》ってないでさ！」

こんなに素敵《すてき》な景色《けしき》が見える階《かい》なのに、一番じゃないとは、どういうことだろう。ぼくはちんぷんかんぷんで、首をかしげるばかりだった。

「行ってみる？　どうせあとでいっしょに行こうと思ってたところだったたし」

「それがええ。百聞《ひゃくぶん》は一見にしかず、じゃからのぉ」

大きくうなずくと、ぼくはサトシとじいちゃんに連《つ》れられて部屋《へや》の外へと出ていった。

「これで行くの？」

「ほぉよ」

エレベーターに乗《の》せられると、外の景色《けしき》が一望《いちぼう》できた。

扉《とびら》が閉《し》まって、下へ下へとくだっていく。

目の前の景色《けしき》はだんだん低《ひく》くなっていく――。

「うわぁぁぁぁ」

チンと音が鳴《な》って扉《とびら》が開《ひら》いた瞬間《しゅんかん》に、ぼくはさっきよりも、さらに大きな声で言った。

「これがこのマンションの大きな売りというわけじゃ」

広がっていたのは海だった。

でも、上で見た景色《けしき》とはまったくちがっていた。

その階《かい》は、なんと海の中にあったのだった。

「ここは、みんなが使《つか》えるスペースになっておってな」

フロア全体がひとつの大きな広場のようになっていて、多くの人でにぎわっていた。壁《かべ》は全面透明《ぜんめんとうめい》で、３６０度《ど》、遠くのほうまできれいな海がつづいている。降《ふ》りそそぐ太陽《たいよう》の光で、フロア全体《ぜんたい》が自然《しぜん》の青でそまっていた。

ぼくはもう、なにも言葉《ことば》を発《はっ》することができなかった。

壁《かべ》に近づきながらぐるりと周《まわ》りを見渡《みわた》すと、人だかりができているところがあった。そちらによると、透明《とうめい》な壁《かべ》の向《む》こう側《がわ》――海の中に人影《ひとかげ》が見えた。

それはボンベを背負《せお》って優雅《ゆうが》に泳《およ》ぐダイバーだった。周《まわ》りには銀色《ぎんいろ》の魚がたくさん集《あつ》まっていて、ダイバーが、ひとふり、ふたふりと、エサをまく。

そのときだった。すばやい動《うご》きで小魚の群《む》れを追《お》う大きな影《かげ》が、ぼくの視界《しかい》を横切《よこぎ》った。

「イルカだ！」

興奮《こうふん》で大声をあげたぼくに、サトシは言った。

「ふふ、その様子《ようす》だと気に入ってもらえたみたいだね。上のフロアもいいけど、ここがぼくの一番好《す》きな場所《ばしょ》ってわけさ」

そしてサトシは、秘密基地《ひみつきち》をひろうするような口調《くちょう》でつづけた。

「ようこそ、地下の天然水族館《てんねんすいぞくかん》に！」

星みかん

「マサ、ちょっと手伝《てつだ》ってくれないかね」

鉄工所《てっこうじょ》の中、事務所《じむしょ》の横《よこ》の休憩室《きゅうけいしつ》でコタツに入ってごろごろしていると、ばあちゃんに呼《よ》ばれた。

「なに？」

「いいものがとどいたから、ちょっとおいで」

ぼくはコタツからぬけだして、事務所《じむしょ》のほうをのぞいてみる。ばあちゃんは、みかん箱《ばこ》を配達《はいたつ》の人から受《う》け取《と》っているところだった。

「腰《こし》が痛《いた》くてねぇ。これをそっちに運《はこ》ぶから、反対側《はんたいがわ》を持《も》っておくれ」

「はーい」

いっしょに箱《はこ》を部屋《へや》へ運《はこ》び入れると、ぼくはたずねた。

「だれからの荷物《にもつ》？」

「津吉《つよし》のおばさんからだよ」

ばあちゃんは、ばあちゃんのお姉さんに当たる人の名前を口にした。その人の家は農家《のうか》をやっていて、よく旬《しゅん》の野菜《やさい》や果物《くだもの》なんかを送《おく》ってくれる。みずみずしい食材《しょくざい》を食べると、いつも季節《きせつ》を実感《じっかん》するのだった。

「何が入ってるの？」

「みかんだよ。ただし、普通《ふつう》のものとはわけがちがう。これは特別《とくべつ》なみかんでねぇ。条件《じょうけん》がそろった年にしか実《みの》らない稀少《きしょう》なもので、つくっている農家《のうか》も少なければ、店にならぶことなんて、まずないんだよ」

「へぇぇ……なんて名前なの？」

「星《ほし》みかん、といってね」

ばあちゃんはガムテープをべりっとはがして、箱《はこ》を開《ひら》いた。

ぼくは、あっと声をあげた。

「あれ、ばあちゃん、なんかこれ、光ってない……？」

箱《はこ》の中がほんのりかがやいているように見えたから、ぼくは目を疑《うたが》った。

「ほほ、そう、これが星《ほし》みかんの特徴《とくちょう》なんだ。まあ、それはともかく、さっそくいただいてみようかね」

「食べたい！」

ばあちゃんは星《ほし》みかんを両手《りょうて》いっぱいに抱《かか》えると、コタツの上の器《うつわ》に移《うつ》して腰《こし》をおろした。そしてひとつを手にとって、皮《かわ》をむく。シワだらけの手と、つやっぽい星《ほし》みかんとの組み合わせが、なんだか見ていておもしろかった。

「ねぇ、これ、さっきより光ってるよ！」

皮《かわ》をむかれた星《ほし》みかんは、よりいっそうかがやきを放《はな》っていた。

「ほほ、電気を消《け》してみるといいよ。もっときれいに見えるから」

言われたとおりにしてみると――。

ぼくは、ため息《いき》をもらした。

「うわあ……」

暗《くら》い部屋《へや》にあらわれたのは、まばゆく光る黄色い玉だった。まるで夜空にうかぶ一等星《いっとうせい》のように思えて、ぼくは一瞬《いっしゅん》でとりこになった。

「本物《ほんもの》の星みたい……」

しばらくのあいだ、それに見入る。

ばあちゃんが口を開《ひら》いた。

「ところでマサは、おいしいみかんができるための条件《じょうけん》というのを知ってるかね？」

ぼくは首を横《よこ》にふる。

「みかんは三種類《しゅるい》の光によって、おいしくなると言われている。

一つ目は、太陽《たいよう》の光。日光をたっぷり浴《あ》びたみかんは、おいしくなるんだよ。二つ目が、地面《じめん》からはね返《かえ》ってくる反射光《はんしゃこう》。大地の光も、みかんにとっては大切だということだね。そして三つ目が、海からの光。きらきらと照《て》り返《かえ》す光は、みかんを極上《ごくじょう》のものへと仕上《しあ》げてくれる。これが、おいしいみかんができるための条件《じょうけん》と言われているんだ。そしてこの条件《じょうけん》のそろう土地こそが、有名《ゆうめい》なみかんの産地《さんち》になる。瀬戸内《せとうち》のみかんが有名《ゆうめい》なのは、そういうわけでねぇ」

「へぇぇ……」

「それで、かんじんの星《ほし》みかんのことだけれど」

ばあちゃんは、つづけて語る。

「星《ほし》みかんはね、その三つの条件《じょうけん》に加《くわ》えて、さらに別《べつ》の条件《じょうけん》がそろったときにしかできないものなんだ」

「別《べつ》の条件《じょうけん》？」

ぼくはワクワクしながら、話に耳をかたむける。

「空から降《ふ》りそそぐ星の光。これが星《ほし》みかんのキモになる。星の光というものは、じつに不思議《ふしぎ》な力を持《も》っていてねぇ。はるか彼方《かなた》から宇《う》宙《ちゅう》を伝《つた》ってやってくるうちに時間の重《おも》みが加《くわ》わって、浴《あ》びたものにいろんな影響《えいきょう》をもたらすんだよ。

　人が星を見て目覚《めざ》めるような気持《きも》ちになるのもひとつだし、星《ほし》みかんができるのも、そのおかげだね。もちろん、ただ星の光を浴《あ》びればいいかというと、そうじゃない。空からの光、地上からの光、海からの光……太陽《たいよう》の場合と同じように三つの光がそろったとき、みかんは星《ほし》みかんへと変《か》わるんだ。でも、この条件《じょうけん》が完璧《かんぺき》にそろう年はめったにない。だからこそ、星《ほし》みかんは貴重《きちょう》なんだよ」

　ぼくは宇宙《うちゅう》の神秘《しんぴ》にふれているようで、なんだか壮大《そうだい》な気分になった。

「そんなすごいみかんだなんて、どんな味《あじ》がするんだろう……」

つぶやくと、ばあちゃんは言った。

「それはもう、言いようもないほどの味《あじ》わいだよ」

ぼくは口の中が唾液《だえき》であふれていることに気がついた。

「……ばあちゃん、食べていい？」

「もちろんだよ」

ぼくは暗闇《くらやみ》の中、手渡《てわた》された星《ほし》みかんを、慎重《しんちょう》に半分にさいた。そしてそれをもう半分にさいて、さらに半分にさく。小さなかけらになったものを、神聖《しんせい》な気持《きも》ちで口に運《はこ》ぶ――。

「ばあちゃん！」

あまりのおいしさに、ぼくはさけんだ。口の中でぷつんとはじける粒《つぶ》たち。さわやかなカンキツの香《かお》りが鼻《はな》をぬけて、舌《した》の上を甘《あま》みがめぐる。頭の中でわぁっと広がったのは、満天《まんてん》の星空のイメージだった。

気がつけば、たちまちひとつを平らげていた。

「ばあちゃん、もう一個《こ》！」

「はいはい、今度《こんど》は自分でむくんだよ」

ぼくはすぐに次《つぎ》のものを手にとって、皮《かわ》をむいた。ぱくりぱくりとほおばって、すぐにまた次《つぎ》の星《ほし》みかんに手をのばす。

「私《わたし》も負《ま》けてられないねぇ」

ばあちゃんも加《くわ》わって、ぼくらは競《きそ》うようにして、あっと言う間に器《うつわ》を空《から》にしてしまった。

「ああ、満腹《まんぷく》、満腹《まんぷく》……」

ぼくはお腹《なか》をさすりながら、大満足《だいまんぞく》でコタツにごろんと横《よこ》になる。

頭の中には星空のイメージが残《のこ》っていて、天井《てんじょう》を見つめると黄色い粒《つぶ》がうかんでいるように思えた。

しばらく余韻《よいん》にひたったあと、ぼくは言った。

「ばあちゃん、電気つけてよ。お腹《なか》いっぱいで寝《ね》ちゃいそう……」

すると突然《とつぜん》、ばあちゃんがおかしなことを言いだした。

「まだ電気はつけなくていいんだよ」

その口調《くちょう》は、なぜだか楽しそうだった。

ぼくは意味《いみ》がわからずたずねてみる。

「いいって、なんで？」

「星《ほし》みかんの本当の楽しみは、これからだからだね。さあ、そろそろちょうどいい頃合《ころあ》いだ。ほら、起《お》きあがって、手を出してみたらいいよ」

首をかしげながらも、ぼくは言われたとおりに手を出した。

その瞬間《しゅんかん》のことだった。

「うわ！　なにこれ！」

すぐに異変《いへん》に気がついて、ぼくはばあちゃんに助《たす》けを求《もと》めた。

「ばあちゃん！　手がおかしいよ！」

信《しん》じられないことに、いつの間にか、手のひらは金色に光りかがやいていたのだった。

「だいじょうぶ、これも星《ほし》みかん独特《どくとく》の現象《げんしょう》だから」

「どういうこと……？」

「大量《たいりょう》のみかんを食べたときのことを思いだしてみるといいよ。食べすぎると、手が黄色くなってしまうものだろう？　星《ほし》みかんも同じでね。たくさん食べると色素《しきそ》のせいで、手が金色になるんだよ」

ばあちゃんは、自分の手を開《ひら》いてぼくに向《む》けた。その手も同じようにかがやいていて、たくさんのシワが光にうきあがって見える。

ぼくは自分の手を見て、天井《てんじょう》にかざす。ぼんやりながめているうちに、なんだかおごそかな気持《きも》ちになってくる。宇宙《うちゅう》の神秘《しんぴ》が自分の身体《からだ》に宿《やど》ったんだ。そう思うと、心の底《そこ》から力がわいてくるようだった。

「あっ！」

そのときぼくは、思いがけないものを見た。

「ばあちゃん！」

「どうかしたかね？」

「いま、星が流《なが》れた！　流《なが》れ星《ぼし》みたいなやつが！」

金色の粒《つぶ》が尾《お》を引きながら手を横切《よこぎ》ったのを、ぼくはたしかに目撃《もくげき》した。

「ほぉ、もう見られたのかい。運《うん》がいいねぇ」

ばあちゃんは初《はじ》めから知っていたかのように言った。

「星《ほし》みかんは、幸運《こううん》をまねくみかんとも呼《よ》ばれていてね。ときどき手のひらを星が流《なが》れていくんだよ」

「へぇえ……」

「そして流《なが》れ星《ぼし》が消《き》えるまでに願《ねが》いごとをとなえると、その願《ねが》いは叶《かな》

うとも言われている。マサも願《ねが》いをかけていれば叶《かな》っていたことだろうから、惜《お》しかったねぇ」

「ええっ！　そんな大事《だいじ》なこと、先に言ってよ！」

抗議《こうぎ》をしても、おそかった。

肩《かた》を落《お》とすぼくに、ばあちゃんは声をあげて笑《わら》った。

「あわてなくていいよ。なにせ人生は、まだまだ長いんだ。流《なが》れ星《ぼし》を見られるチャンスなんて、これからいくらでもある。それに、本当に叶《かな》えたい大切な願《ねが》いというものも、年を重《かさ》ねるにつれて自然《しぜん》と見えてくるようになるものだからね。だからまったく、あせる必要《ひつよう》はないよ」

でも、と、ふてくされてぼくは言う。

「願《ねが》いごとが叶《かな》うだなんて、ただの迷信《めいしん》でしょ？　いくら願《ねが》っても、どうせ叶《かな》わないんだったら意味《いみ》ないいじゃんか」

「そんなことはないさ。きちんと祈《いの》れば願《ねが》いはとどくよ」

「なんで言い切れるのさ」

「私自身《わたしじしん》が体験《たいけん》してきたからねぇ」

「え……？」

きょとんとするぼくに、ばあちゃんは言った。

「私《わたし》もね、星《ほし》みかんの恵《めぐ》みをこれまで何度《なんど》も受《う》けてきたんだよ。たとえば、そう、若《わか》いころ、じいちゃんが病気《びょうき》になってしまったときだろう？　それから、お母さんが生まれてくるとき。もちろん、マサが生まれるときも。人生の節目節目《ふしめふしめ》で、私《わたし》は必《かなら》ず流《なが》れ星《ぼし》に祈《いの》ってきた。

そして、そのすべてがちゃんと叶《かな》ったんだから、ただの迷信《めいしん》で片《かた》づけるのはもったいないと思わないかね？」

思わぬ告白《こくはく》に、ぼくは言葉《ことば》を失《うしな》った。

それにね、と、ばあちゃんはつづけた。

「じつは、願《ねが》いが叶《かな》った証拠《しょうこ》もあってね」

「証拠《しょうこ》……？」

「願《ねが》いが叶《かな》うと、その流《なが》れ星《ぼし》が通った跡《あと》は手にくっきりとうかびあがって残《のこ》るんだよ。もちろんそれも、迷信《めいしん》なんかじゃない。私《わたし》の場合も、こうして、ちゃんと」

ぼくの目は、ばあちゃんの光る手のひらにくぎづけになる。そこにはたくさんのシワがきざまれている。

ばあちゃんは、おだやかに言った。

「これはね、ただのシワとはちがうんだ。シワの数だけ、叶《かな》った幸せ《しあわ》があるということなんだよ」

顔出しパネル

「じいちゃん、すごいよ……」

ぼくは、ため息《いき》をつきながら言った。

「ほぉじゃろ？　よかったわい」

じいちゃんは、満足《まんぞく》そうに笑《わら》う――。

鉄工所《てっこうじょ》に帰ってくると、じいちゃんは作業場《さぎょうば》にこもってアームくんといっしょに火花をバチバチ散《ち》らしているところだった。新しい発明品《はつめいひん》でもつくってるのかな。そう思って近づこうとすると、ばあちゃんに見つかって止められた。

「これ！　危《あぶ》ないから近づいたらダメだよ！」

しかたがないので、作業《さぎょう》が終《お》わるまで、ぼくはしばらくひとりで遊《あそ》ぶことにした。バケツですくってきた三津浜《みつはま》の砂《すな》に、磁石《じしゃく》を近づけて砂鉄《さてつ》をとる。それにあきると、パイプの切《き》れ端《はし》をタコ糸でつるしてウィンドチャイムをつくって遊《あそ》ぶ。

やがて、じいちゃんが手ぬぐいであせをふきながら作業場《さぎょうば》から出てきた。

「おお、マサ、来とったんか」

ぼくは、手についた油《あぶら》を粉《こな》せっけんで洗《あら》い落《お》としながら言った。

「じいちゃん、今日はなにつくってたの？」

「ほほ、気になるかいの。見せてやりたいところじゃが……」

じいちゃんは言葉《ことば》を切って、あたりをきょろきょろ見渡《みわた》した。

何かを気にしているようなそぶりに、ぼくはすかさず言った。

「ばあちゃんなら、さっき、ひいじいちゃんのお墓参《はかまい》りに出かけたよ」

おたがい無言《むごん》のまま、少しのあいだ時間が流《なが》れる。

「ほぉか」

しばらくして、声が返《かえ》ってきた。

「なら、よしじゃ。こっちに来てみぃ」

生き生きとした表情《ひょうじょう》で歩きだしたじいちゃんに、ぼくはすぐさまついていく。

作業場《さぎょうば》に足を踏《ふ》み入れると、そこに置《お》かれてあったのは人間を一回《ひとまわ》り大きくしたような形のパネルだった。

「おや、マサくん」

ぼくを見つけたアームくんが言った。

「こんにちは」

「アームくん、こんにちは。えっと、これはなに……？」

金属製《きんぞくせい》に見えるうすいそれは、棒《ぼう》で支《ささ》えられてまっすぐ立っている。いったい何のためのものなんだろうと好奇心《こうきしん》をそそられた。

「ふふ、さて、なんでしょうか」

「教えてよ！」

「ヒントは、これですよ」

アームくんは、パネルの一か所《しょ》を指《ゆび》さした。

「……なんでパネルに穴《あな》が開《あ》いてるの？」

どうしてか、顔の位置《いち》あたりに穴《あな》が開《あ》いていたのだった。

すると、じいちゃんが横《よこ》から言った。

「まああ、それよりも、まずはあっち側《がわ》に行ってみぃ。こっちは裏《うら》側《がわ》じゃからな。表《おもて》から見んと、これのおもしろさは伝《つた》わらんじゃろう」

そう言われ、散《ち》らかった鉄《てつ》クズをよけながら、反対側《はんたいがわ》――パネルの表《おもて》のほうに行ってみた。

ぼくは、あっと声をあげた。

「じいちゃん！」

目を疑《うたが》うような光景《こうけい》が広がっていて、思わず言葉《ことば》を失《うしな》った。オパールのような変幻自在《へんげんじざい》の七色。それが、うねる波《なみ》のように、ゆれかがやいていたのだった。

「なんなの、これ……」

ぼくは美《うつく》しさに見とれてしまった。

「さて、なんじゃろうなぁ。ま、実際《じっさい》に体験《たいけん》してみればわかるかの」

「体験《たいけん》……？」

「キモは、これだ」

じいちゃんは、パネルに開《あ》いた穴《あな》を指《ゆび》さした。

「これが鍵《かぎ》をにぎっておるわけなんだが……ま、説明《せつめい》はまた裏《うら》にもどってからじゃな。さあ、あっち側《がわ》に回るぞ」

「ええっ⁉　ちょっと待《ま》ってよ！」

さっさともどるじいちゃんに、ぼくはあわててついていく。

「そうだ、アーム。あれを持《も》ってきてくれ」

「承知《しょうち》しました」

アームくんは、作業場《さぎょうば》のすみへと歩いていった。そして、そこにあった踏《ふ》み台《だい》を手に取《と》ると、もどってきてパネルの前に設置《せっち》した。

「こんなの、何に使《つか》うの？」

「マサくんでは背《せ》がとどかないでしょうから、これに乗《の》ってみてください」

「乗《の》って、どうするのさ」

「この穴《あな》から顔を出すんです」

「顔を……？」

つぶやいたあとで、ぼくはハッとひらめいた。

「これって、もしかして……!?」

「ほぉ、かんづいたかのぉ」

じいちゃんが言った。

ぼくの頭には、観光地《かんこうち》でよく見かけるものがうかんでいた。それは、その場所《ばしょ》にちなんだ人物《じんぶつ》がえがかれている等身大《とうしんだい》のパネルだった。顔のところだけが丸くくりぬかれていて、顔を出せるようになっている。観光客《かんこうきゃく》の人たちは顔を穴《あな》にはめこんで、その人物《じんぶつ》になりきって写真《しゃしん》を撮《と》ったりする。

「さすが、するどいのぉ。そう、発想《はっそう》のヒントは、あれからちょうだいしたんじゃよ」

じいちゃんは、満足《まんぞく》そうな顔で言う。

「しかし、だ。これは、あのパネルとは次元《じげん》のちがうものでな。最先《さいせん》端《たん》技術《ぎじゅつ》を駆使《くし》して、はるかに進化《しんか》させた代物《しろもの》じゃ。観光地《かんこうち》なんかのパネルだと、その人物《じんぶつ》になったつもりになるだけだが、これは気分だけでなく本当にその人物《じんぶつ》になってしまえるものなんじゃ」

「その人に……？」

「パネル自体《じたい》が特殊《とくしゅ》な構造《こうぞう》をしておってな。さっき表側《おもてがわ》を見たじゃろう？」

ぼくはうなずく。

「あれはなにも、塗料《とりょう》をぬっておるわけではない。無限《むげん》に変《か》わりつづける色は、時空《じくう》のゆがみから自然《しぜん》に生まれておるものなんじゃよ」

「時空《じくう》⁉」

「もっとくわしく言うとじゃな、これはタイムマシンの親戚《しんせき》のようなものでの。パネルの穴《あな》から顔を出せば、時空《じくう》をこえて別《べつ》のだれかに乗《の》り移《うつ》ることができるんじゃ。そうなると見ている景色《けしき》や感情《かんじょう》までもが共有《きょうゆう》されて、まさしくその人物《じんぶつ》になりきることが可能《かのう》になる。移《うつ》る先は毎回変《か》わるようになっておるから、これを使《つか》えばいろんな人の人生を、かいま見ることができるというわけじゃ」

じいちゃんの言葉《ことば》に、ぼくは気が遠くなりそうだった。

「わしもさっき最後《さいご》のテストをしてみたが、おもしろかったぞぉ」

「……何が見えたの？」

「ははは、それは体験《たいけん》したもんだけが知ることのできる特典《とくてん》じゃな。まあ、わしが口で説明《せつめい》するよりも、実際《じっさい》にやってみたほうが早いわい」

言われるまでもなく、試《ため》してみたくて身体《からだ》はすでにウズウズしていた。だから、ぼくはすぐさま台に乗《の》ってパネルの穴《あな》と向《む》き合った。

「顔をはめるだけでいいの？」

「ほぉよ」

楽しそうなじいちゃんの声を聞きながら、ぼくはそっと目を閉《と》じた。

なんとなく息《いき》を止めてから、少しずつ顔を穴《あな》のほうに近づける。

むぎゅっと顔がはまったのを感じると、ぼくはゆっくり目を開《ひら》いた。

その瞬間《しゅんかん》――飛《と》びこんできた光景《こうけい》に心をうばわれた。

目の前には、どこまでもつづく平原《へいげん》が広がっていた。それは、いつかテレビで見たサバンナにそっくりだった。ぼうぜんとながめていると、カメラが回るようにして周《まわ》りの景色《けしき》に視線《しせん》が移《うつ》る。バッファローの群《む》れが、遠くをのそのそ歩いているのが見えた。気持《きも》ちよさそうに水浴《みずあ》びをしているのは、ゾウだった。ライオンは動物《どうぶつ》の死骸《しがい》に集《あつ》まって、ハイエナがそれを遠くからながめている。

——時空《じくう》をこえて別《べつ》のだれかに乗《の》り移《うつ》ることができるんじゃ——

じいちゃんの言葉《ことば》がこだまして、それでようやく自分はいま、どこかのだれかに乗《の》り移《うつ》っているのだということを思いだした。そして気《き》持《も》ちが落《お》ち着《つ》いてくると、その人物《じんぶつ》の考《かんが》えが流《なが》れるように入ってきた。

ぼくが乗《の》り移《うつ》っているのは、ある部族《ぶぞく》の村長で、となり村の村長との会合《かいごう》を終《お》えて村に帰っているところだった。足を踏《ふ》みだすたびに首《くび》飾《かざ》りが上下して、シャラシャラと音が聞こえてくる。

家では家族《かぞく》が待《ま》っている。それを思うと、歩調《ほちょう》が少し早まった。

ふと横《よこ》を見ると、大きな夕陽《ゆうひ》が沈《しず》んでいくのが目に映《うつ》る。その真《ま》ん中《なか》を、キリンの黒い影《かげ》が横切《よこぎ》っていく――。

「どうじゃ？　マサ」

声におどろいて、ぼくは反射的《はんしゃてき》に顔を引いた。じいちゃんが、おもしろそうにこっちを見ていた。

「少しは楽しんでもらえたかの？」

ぼくは何も答えられず、しばらくしてから、ようやく言った。

「じいちゃん、すごいよ……」

「ほぉじゃろ？　よかったわい」

じいちゃんは満足《まんぞく》そうに笑《わら》っている。

ぼくの目には、まだまだ大自然《だいしぜん》の光景《こうけい》が焼《や》きついていた。

「アフリカって、日本とは全然《ぜんぜん》ちがうとこなんだねぇ……」

「ほぉ、アフリカに行っとったんか。それは貴重《きちょう》な体験《たいけん》をしたもんじゃ」

目を細めるじいちゃんに、すなおな感想《かんそう》を口にする。

「それにしても、すごかったなぁ……まだ信《しん》じられないよ……」

「うらやましいです」

アームくんが言う。

「私《わたし》ものぞきたいのですが、あいにく私《わたし》には穴《あな》がきつすぎます」

ぼくはアームくんに同情《どうじょう》しつつ、じいちゃんのすごさを思い知った。

「もし気に入ったのなら、もう一回やってみるかの？　次《つぎ》は、またちがった景色《けしき》が見えるじゃろう。小さいころの体験《たいけん》というもんは、あと重《おも》くきいてくるものだからのぉ。いまのうちに、たくさんのことを見聞《みき》きしておくとええ」

ぼくはうなずいて、パネルのほうに目をやった。穴《あな》の先で待《ま》ち受《う》けている世界《せかい》を想像《そうぞう》して、胸《むね》が高鳴《たかな》る。今度《こんど》はどんな景色《けしき》が見えるんだろう……。

目を閉《と》じて、顔を穴《あな》に近づける。ぎゅっとはまると、目を開《ひら》く——。

次《つぎ》の瞬間《しゅんかん》、ぼくは人ごみの中にいた。

あふれんばかりの人たちに、酔《よ》ってしまいそうな気分になる。

少したってなれてくると、だんだん頭がはっきりしてきた。ぼくはいま、スクランブル交差点《こうさてん》を渡《わた》っているところだった。視線《しせん》があがり、巨大《きょだい》なビルが目に入る。大きなモニターからは映画《えいが》の宣伝《せんでん》が流《なが》れている。

かつ、かつ、かつ、と足元から音がする。若《わか》い女の人に乗《の》り移《うつ》っているぼくは、これから渋谷《しぶや》で買《か》い物《もの》をするのを楽しみにしている。かわいいワンピースが見つかればいいなぁ。そんなことを考えながら、ファッションビルを目指《めざ》して歩いていく——。

「じいちゃん、もっとやっていい？」

ぼくはすっかりパネルの世界《せかい》に夢中《むちゅう》になっていた。

「ははは、ばあさんが帰ってくるまでなら、何度《なんど》だってやってええぞ」

次に見えたのは、見《み》なれない格好《かっこう》をした人たちがずらりと座《すわ》っている光景《こうけい》だった。みんながみんなハカマをはいて、正座《せいざ》をしている。

そのとき、ふすまがさっと開《ひら》いて、お殿様《とのさま》が入ってくる。ぼくは尊《そん》敬《けい》をこめて頭を下げる。たたみの香《かお》りが鼻《はな》をくすぐる。これは大河《たいが》ドラマの撮影《さつえい》なのかな、それとも昔《むかし》にタイムスリップしたのかな……。

視線《しせん》はお殿様《とのさま》のほうを見つめるばかりで、周《まわ》りの情報《じょうほう》はつかめない。もどかしい気持《きも》ちを残《のこ》しながら、ぼくはパネルから顔を引く。

すぐに顔をはめ直すと、今度《こんど》はあらわれた光景《こうけい》に思わずのけぞりそうになった。目の前にいたのは、見たこともない生《い》き物《もの》だった。姿《すがた》かたちは人間そっくり。でも、肌《はだ》の色が真緑《まみどり》で、顔のつくりも微妙《びみょう》にちがう……。

ここはカフェのようなところらしいと、時間がたつとわかってくる。その奇妙《きみょう》な生《い》き物《もの》は、机《つくえ》ごしに話しかけてきていた。言葉《ことば》の意味《いみ》は自然《しぜん》と頭に入ってくる。それはたんなる雑談《ざつだん》で、こわさは徐々《じょじょ》に消《き》えていった。

しばらくすると頭の中が整理《せいり》されて、ぼくは状況《じょうきょう》を把握《はあく》する。いまいる場所《ばしょ》は地球《ちきゅう》じゃない、どこか遠くの星だった。そしてぼくは、その星に住《す》む宇宙人《うちゅうじん》になっている。じいちゃんは時空《じくう》をこえると言っていたけど、まさか人間とは無関係《むかんけい》の宇宙人《うちゅうじん》にまでなることができてしまうだなんて……。

と、そこまで考えて、ぼくは、いや、と思い直す。

もしかすると、この宇宙人《うちゅうじん》たちは人間と深《ふか》く関係《かんけい》しているのかもしれないぞ。そんなことが頭をよぎった。ぼくはどこかで聞いた、地球《ちきゅう》上《じょう》の生《い》き物《もの》は遠い昔《むかし》に地球《ちきゅう》の外からやってきたのだという説《せつ》のことを思いだす。

もしかすると、この宇宙人《うちゅうじん》と人間の祖先《そせん》はおんなじで、それぞれの星で別々《べつべつ》に進化《しんか》したのかもしれないぞ。だからこそ、波長《はちょう》が合うようにしてこうして乗《の》り移《うつ》れたのかも。

そう思うと、ぼくはなんだか目の前の生《い》き物《もの》に親しみを覚《おぼ》えた。いつか、この宇宙人《うちゅうじん》と直接《ちょくせつ》会える日が来ないかなぁ。来ればいいなぁ。

そんなことを考えながら、ゆっくりパネルから顔をはなす。

「ほぉ、なんだか急《きゅう》にたのもしい表情《ひょうじょう》になったもんじゃな」

目が合うなり、じいちゃんが言った。

「何か、ええもんでも見られたかの？」

ふくらんでいく気持《きも》ちをおさえて、ぼくはただただ、じいちゃんの目を見つめていた。

「ははは、まあ、何を見たのかは聞くまい。見たもんは、自分の心に大事《だいじ》にしまっておくんじゃぞ」

ぼくは力強く、うなずいた。

やがて、じいちゃんがアームくんに言った。

「さて、ばあさんが帰って来んうちに、そろそろ撤収《てっしゅう》するかのぉ」

その言葉《ことば》に、ぼくはあわててじいちゃんにすがりついた。

「うそ！　待《ま》ってよ！　もうちょっとだけ！」

「そうは言うても、見つかったらめんどうじゃろうが」

「それじゃあ、あと一回だけ！　ね？」

手を合わせてたのむぼくに、じいちゃんは、しかたがないのぉと苦《にが》笑《わら》いした。

「なら、まあ、一回だけじゃぞ」

「やった！　ありがとう！」

ぼくはパネルに向《む》かって、すぐに顔を近づける。

次《つぎ》は何が見えるんだろう。ワクワク感《かん》でいっぱいのまま、そっと顔を穴《あな》にはめる――。

と、ぼくはあらわれた光景《こうけい》にとまどって、自分の目を疑《うたが》った。見ているものが瞬間的《しゅんかんてき》に受《う》け入れられず、パニックになる。故障《こしょう》か何かかなと考えて、ひとりで何度《なんど》もまばたきをくり返《かえ》した。でも、いくらやっても見えるものに変《か》わりはなかった。

目に映《うつ》っていたものは、台に乗《の》ってパネルに顔をはめている少年のうしろ姿《すがた》だった。その人物を見《み》まちがえるはずがない。まちがいなく、自分自身《じぶんじしん》のうしろ姿《すがた》だ。

ぼくは一瞬《いっしゅん》、じいちゃんにでも乗《の》り移《うつ》ったのかと考えた。けれど目《め》線《せん》はななめ上、空中からのものなのだからツジツマが合わない……。

ふとぼくは、なんだか温《あたた》かい気持《きも》ちになっていることに気がついた。大切なものをながめているときの気持《きも》ちによく似《に》ているなぁと、ぼんやり感《かん》じる。

しばらくすると、ようやく状況《じょうきょう》が頭の中に入ってくる。

そして、それがだれの目線《めせん》なのかわかったとき——。

「じいちゃん！」

ぼくはたまらずパネルから顔をはなして、勢《いきお》いよくさけんでいた。

「じいちゃん！　じいちゃんってば‼」

「なんじゃ、そんなにあわてて。いったいどうしたんじゃよ」

ぽかんとしているじいちゃんに、ぼくはまくしたてるように言う。

「ねえ、信《しん》じられないよ！　すごい人に乗《の》り移《うつ》っちゃったよ！」

「だから、何があったんじゃ。ちゃんと説明《せつめい》せんとわからんだろう」

じいちゃんの言葉《ことば》は、もはやまったく耳に入ってはいなかった。

頭の中では、昔《むかし》の記憶《きおく》が、せきを切ってあふれていた。

あれは、まだ幼稚園《ようちえん》に入る前のことだった。ばあちゃんといっしょに、ぼくはよく病院《びょういん》にお見舞《みま》いに行っていた。点滴《てんてき》をしながらベッドに横《よこ》たわるその人は、いつもやさしくほほえんでいたのを覚《おぼ》えている。

マサのことを、ずっとそばで見守《みまも》っておるからな。

頭をなでてくれながら、何度《なんど》もそう言ってくれたことを思いだす。

「じいちゃん！　ねえ、約束《やくそく》を守《まも》ってくれてたんだよ！」

「いったい何の話じゃよ……」

首をかしげるじいちゃんに、ぼくは興奮《こうふん》をおさえられずに口にする。

「亡《な》くなった、ひいじいちゃんのことだって！」

「ひいじいちゃん？」

「いま乗《の》り移《うつ》った人のことだよ‼」

頭の中に、とっさに、ばあちゃんのことがよぎる。

「そうだ！　ばあちゃんに連絡《れんらく》しなくちゃ！　ひいじいちゃんはお墓《はか》に行ってもいないって！」

「やれやれ、とつぜん何を言いはじめるんだかなぁ……」

肩《かた》をすくめるじいちゃんに、ぼくは必死《ひっし》でうったえた。

「冗談《じょうだん》なんかじゃないんだってば！」

心の中にあの温《あたた》かい気持《きも》ちがよみがえって、なんだか泣《な》きそうになってくる。

「ひいじいちゃんがいるのは、ここなんだ！　約束《やくそく》どおり、いまでもずっと、そばでぼくを見守《みまも》ってくれてるんだよ！」

田丸雅智（たまる・まさとも）
ショートショート作家。
一九八七年生まれ。本作の舞台となった愛媛県出身。東京大学工学部、同大学院工学系研究科卒。主な著書に『夢巻』『海色の壜』（ともに出版芸術社）『珍種ハンター ウネリン先生』（学研教育出版）など。

藤枝リュウジ（ふじえだ・りゅうじ）
絵本作家、イラストレーター、アートディレクター。
多数の絵本を手がけるほか、Eテレの人気番組『ハッチポッチステーション』『フックブックロー』『コレナンデ商会』のイラスト、アートディレクションなど、番組制作にも参加している。

じいちゃんの鉄工所《てっこうじょ》

二〇一六年十二月七日　第一刷発行

著者　田丸雅智
画家　藤枝リュウジ
発行者　松浦一浩
発行所　株式会社静山社
〒一〇二-〇〇七三　東京都千代田区九段北一-十五-十五
電話　〇三-五二一〇-七二二一
http://www.sayzansha.com

装丁　藤枝リュウジデザイン室　篠本　映
印刷・製本　中央精版印刷株式会社
編集　荻原華林

本書の無断複写複製は著作権法により例外を除き禁じられています。

また、私的使用以外のいかなる電子複写複製も認められておりません。

落丁・乱丁の場合はお取り替えいたします。

© Masatomo Tamaru, Ryuji Fujieda 2016 Printed in Japan
ISBN 978-4-86389-365-8

悪ガキ7シリーズ

宗田理 作

いじめっこもずるい大人も
みんなまとめてかかっておいで！

いたずら大好きな悪ガキ7人組が、みんなのこまっていることや悩んでいることを、いたずらで解決!?

1　いたずらtwinsと仲間たち
2　モンスター・デスマッチ！
3　タイ行きタイ！
4　転校生は魔女!?　（以下続刊）

イラスト：中山敦支　静山社

紫式部の娘。
賢子《かたこ》がまいる！

篠 綾子 作　小倉マユコ 絵

母とは正反対の勝気な性格で、
恋に事件に大いそがし！

かの有名な紫式部の娘、賢子。宮中のいじめに悩まされた母とは正反対の、負けず嫌いで勝気な性格。中流階級の娘ながら、素敵な貴公子との大恋愛に野望を抱く、生意気盛りの14歳。さぁ、恋に事件に大騒ぎの宮仕え生活、はじまり、はじまり。

静山社

もののけ屋シリーズ

廣島玲子作　東京モノノケ絵

この男に出会えたあなたは
大ラッキー？　それとも……

悩める子供のもとにどこからともなくあらわれて、不思議な力を貸してくれる、その男の名は……。「銭天堂」シリーズでおなじみ廣島玲子の、傑作ホラー短編集。

1　一度は会いたい妖怪変化
2　二丁目の卵屋にご用心　（以下続刊）

静山社